PLUJA D'ESTELS

l'àncora

El jurat del Premi Josep Pla 2020 el formaven:
Rosa Cabré, Glòria Gasch, Antoni Pladevall,
Genís Sinca i Àlex Susanna.

Av. Diagonal, 662-664 - 08034 Barcelona

Primera edició: febrer del 2020
ISBN: 978-84-9710-294-0
Dipòsit legal: B. 979-2020
Fotocomposició: Toni Clapés

Laia Aguilar

PLUJA D'ESTELS

Premi Josep Pla 2020

Edicions Destino

Per a l'Isaac

El cel va començar a girar. Va fer un pas o dos,
involuntàriament, per recobrar l'equilibri.

James Salter, *L'última nit*

I

1

Seia davant del mar, descalça, movent amb desfici els dits sota l'aigua. Amb la mà dreta, va acaronar la sorra i en va agafar un grapat fent cassoleta. El cel oferia una tonalitat fúcsia que s'alternava amb la presència d'alguns núvols. Li va semblar que es perseguien i jugaven a fer formes. Ara un drac, ara un unicorn, ara un dofí que es transformava en una balena. Va respirar fondo. El mar. Davant seu, el blau de la badia de Portlligat s'estenia fins als confins d'un món que desconeixia. No podia assegurar si era aquí perquè el Nis l'hi havia demanat o perquè ella mateixa s'hi havia deixat arrossegar. El cas és que havia vingut. Feia dues setmanes. Amb dues maletes i un futur incert, seguint els passos de l'home que l'havia seduïda. «Allà serem feliços, Olívia, estarem bé. Tu confia en mi», li havia repetit el Nis a cau d'orella.

Va creuar el pati de buguenvíl·lies i es va espolsar els peus a l'estora. Un cop dins, va observar amb deteniment l'estança. Partícules i partícules de pols suraven a l'espai formant petits remolins que es disseminaven per l'aire. La casa, que no era seva, que tot just estava coneixent, se li dibuixava ara com un petit amfiteatre amb els mobles perfectament col·locats. La taula de fusta de pi restaurada, el piano de cua majestàtic, el bagul antic ple de tovalloles i barrets de palla, el sofà amb coixins vermells on instal·lar-se a fer la migdiada, les parets plenes de fotografies fetes pel Nis, en blanc i negre, de nusos de pescador i barques. I també hi havia la paret plena de claus, on no hi havia cap fotografia.

Absència.

Devien ser de la Paula, es preguntava l'Olívia.

Aquella dona; «l'altra» dona. La persona amb qui el Nis havia compartit un tros de la seva vida de la qual preferia no parlar.

«Paula».

De cop, el so de rodes crepitant sobre la grava la va distreure. El Nis va entrar a casa carregant un parell de caixes de cerveses. Era alt, trenta-vuit anys, cos fornit i musculós, ulls ametllats que canviaven de color segons la llum i l'hora del dia...

Tots dos van anar cap a la cuina.

—Tinc ganes de conèixer els teus amics —li va dir l'Olívia, ajudant-lo a col·locar les cerveses al congelador.

—Els agradaràs —va respondre ell, acaronant-li un fil de cabell.

—N'estàs segur?

—Per què no els hauries d'agradar?

—Ja ho saps. Les comparacions poden resultar odioses...

El Nis va tensar lleument la part superior del llavi i va agafar el paquet de tabac que duia a la butxaca. En un gest ràpid es va encendre un cigarret i va parlar:

—Estic amb tu, Olívia. Els meus amics s'alegraran molt que estigui amb algú com tu.

El Nis va abraçar-la i la va estrènyer contra el pit. «Fa olor de restes de tabac, suor, sal marina», pensava l'Olívia. L'excitava aquella olor. Olor d'home. No pas com la dels companys de la universitat, que acostumaven a fer olor d'alcohol i colònia barata. No, el Nis era diferent. Des que l'havia conegut asseguda al vagó del metro va saber que voldria estimar-lo. Com una matèria fosca que l'arrossegava cap a ell, cap al cul del món, en direcció al cap de Creus, un dels llocs més sinèrgics de la Terra i on sobtadament ara vivia i es trobava bé. Estranyament bé. I ara havia arribat el moment de fer un pas endavant i conèixer una part del món del Nis que desconeixia. Els seus amics. «Els meus amics, Olívia».

—Inevitablement, parlaran de la Paula, oi?

En sentir el nom de «Paula», els ulls del Nis van canviar d'expressió. Un petit gest; una lleu tremolor de parpelles.

—Demà veuràs la pluja d'estels més bonica que hagis vist mai.

Aquesta no era la resposta que l'Olívia esperava.

—No m'has contestat la pregunta, Nis.

—Quina era la pregunta?

—La Paula. T'he preguntat si tots ells són amics de la Paula.

—Sí, ho són. La Mila és la seva germana. I els altres són el Max i el Jon. Ja els coneixeràs, bona gent... Fa uns quants anys que no ens veiem, ara. Però t'encantaran, creu-me. Són molt bona gent.

La resposta va deixar l'Olívia més o menys tranquil·la. Els amics del Nis. Un món desconegut. Un reducte del qual ell mai volia parlar. Durant el poc temps que feia que estaven junts —tres mesos?, quatre?— l'Olívia ja havia pogut detectar que el Nis feia un lleu moviment de cap cada vegada que apareixia algun tema relacionat amb la Paula.

Va encendre's un cigarret i es va cargolar un tirabuixó amb el dit índex.

—Has vist mai en viu i en directe els Perseids? —va dir-li el Nis, tot assenyalant el cel.

—La pluja d'estels.

—Sí —va dir ell, fent anelles amb el fum.

—No. No els he vist.

—Doncs et sorprendran, Olívia. Són l'espectacle més màgic que els teus ulls hauran vist mai. Preparada?

2

Feia estona que estaven aturats a l'autopista. El Max va abaixar les finestres del cotxe —maleïda autopista i maleïdes cuades en ple mes d'agost—, mentre que la Mila aprofitava per pintar-se les ungles del peus de color morat. Al darrere, una nena de quatre anys —la Lluna, galtes molsudes, cueta al cap i ulls de xocolata— es gronxava a la cadireta mentre cantava cançons.

—Em sembla que hauràs de parar perquè li doni el pit —va dir impacient la Mila.

—Ara li vols donar el pit?

—Sí, em sembla que té gana.

—Si parem en una àrea de servei encara tardarem més a arribar.

—Però la nena té gana, Max.

—Vols dir? Jo la veig molt tranquil·la...

Des que havien adoptat la Lluna —l'astre, la nena bonica, preciosa, desitjada com mai—, la Mila s'havia convençut que li havia de donar el pit per accentuar el seu creixement. Era una mica baixeta, segons deia el pediatre. Encara no era en el que es considerava «normalitat» a la taula del pes. «Però això és normal en nanos adoptats», li havia dit el metge, que de tant en tant mirava el rellotge amb cara d'avorrit. «Penseu que possiblement ha tingut una nutrició irregular durant el període dels zero als dos anys». Però encara va afegir: «No patiu, tard o d'hora ho recuperarà. Tingueu paciència». Des d'aquell dia, la Mila va començar a plantejar-se la possibilitat d'induir el seu cos a la lactància. «S'alimentarà bé i de passada reforçarem el vincle, Max». Aquesta havia de ser la solució a tots els seus problemes. I quan la Mila es convencia d'una cosa no hi havia qui aconseguís treure-li la idea del cap.

—Salta al darrere un moment i en tot cas li dones la llet aquí mateix —va dir-li el Max.

La Mila va saltar al seient del darrere. Es va

situar un moment la nena al pit dret mentre s'eixugava quatre gotes de suor que li regalimaven front avall.

—No hem portat postres, aquesta vegada —va mussitar la Mila.

—No cal —va respondre el Max—. Ja saps que el Nis sempre és esplèndid. Segur que s'ha esforçar a sorprendre'ns amb algun menjar exquisit dels seus...

—Psí...

—Recordes què ens va cuinar l'última vegada que ens vam veure?

—No ho sé... Ja fa molt de temps. Suquet de peix? Arròs? Fa quasi cinc anys...

Hi va haver un silenci tens. Nis. El seu nom sonava com un plat estavellant-se contra el terra. La Mila va abaixar el cap i es va dedicar a observar la seva petita, que s'amorrava al mugró i es dedicava a remenar-lo amunt i avall amb la llengua. «Encara tinc uns pits prou bonics», va pensar la Mila. Pits inflats, maternals, desiguals, però al cap i a la fi pits.

La imatge d'una llengua acariciant-li el mugró la va transportar al despatx de la productora.

Última hora de la tarda.

Només ella i ell.

Una mà acariciant-li un pit i una boca mossegant-li l'orella.

De seguida va fer l'esforç de treure's el record del cap.

Marit. Lluna. Portlligat. Uns dies amb els amics. Uns amics amb qui feia anys que no es reunia...

Es preguntava com seria la retrobada amb el Nis, i amb el Jon, i si en algun moment parlarien o no parlarien del tema.

—Coneixerem la noia aquella... La nòvia del Nis, em refereixo —va dir la Mila com qui parla del temps.

—Olívia, em sembla que es diu.

—Me n'alegro pel Nis, de veritat, és bo que conegui una altra persona.

—Sí, després del que va passar amb la Paula, bé, del que vam viure tots plegats, potser era el millor que podia fer per refer-se.

—No el culpo.

—No. Ni jo.

—Tot i que... se'm fa una mica estrany anar aquests dies a Portlligat sense la Paula.

La Mila va llançar un crit de dolor quan la petita va mossegar-la. Es va tocar la punta del pit i va veure que sagnava. Un fil de sang lliscava mugró avall fins a anar a reposar al melic, on es va fondre amb restes de suor i crema hidratant.

—Deixa-la a la cadireta, que si ens pesca la policia acabarem pringant, Mila.

La Mila va deixar la Lluna a la cadireta i va saltar altre cop al seient del davant. Avançaven a poc a poc. Cuada. Sortida 4. Xafogor. Asfalt. Va pensar en un xiclet allargassant-se. Tot i així, desitjava que aquell embús no s'acabés mai. Mai. L'últim que volia era arribar a Portlligat i enfrontar-se a una realitat que no li era fàcil. Portlligat. La terra que havia estat de la seva germana.

3

Va tancar la botiga de tatuatges al Raval i es va dirigir cap a casa. La ciutat, a l'estiu, estava infestada de turistes de diverses procedències. Es va encendre un cigarret i va pujar carrer amunt confonent-se amb un núvol de calor, olor de pixum, clàxons i desodorants de marca barata. «Barcelona a l'estiu pot tornar-se insuportable», va rumiar. I immediatament va pensar en el mar, el blau, l'escapada d'aquest cap de setmana a Portlligat que feia tant de temps que anhelava. Sempre hi havia passat tres o quatre dies a l'estiu des que feien primer de carrera. Els pares del Nis tenien casa a l'Empordà, i a l'estiu l'amic els convidava a passar-hi uns quants dies, aprofitant que els pares estaven de viatge. Tots ells estudiaven la carrera d'audiovisuals. Parlaven de cine, de sèries, de com arribarien a menjar-se el món quan tots plegats es fessin grans i triomfessin. Perquè en aquella època tots ells perseguien somnis. Volien dedicar-se al cinema, ser directors, realitzadors, muntadors... «A mi el que m'agradaria és ser guionista», deia sempre el Jon amb un cigarret als llavis i contemplant el mar. Portava sempre una llibreta on apuntava les seves idees. «Jo creo a partir d'una olor, d'un record, d'un fragment d'una pel·lícula, d'una música inspiradora», deia sempre als seus amics. I sí, ell sempre tenia una pel·lícula al cap que un dia o altre havia d'escriure.

Encara recorda les seves idees:

- El nen que veia cometes.

- Guerra Civil i vampirs.

- La història d'una família suïcida.

- El descobriment d'un búnquer amb habitants sota terra.

- Uns dies amb els amics...

Potser la Mila, de tots ells, era l'única que havia aconseguit una mica el seu propòsit, pensava. La dona «deu». Productora de sèries. Mare, treballadora, mala llet considerable. Malgrat que es dediqués a aixecar sèries que el Jon considerava impresentables —i que, per cert, havia de reconèixer que no veia mai—, com a mínim podia dir que havia «professionalitzat» la seva vocació. El Nis, després d'uns anys treballant de director de fotografia en rodatges, va decidir deixar-ho estar i muntar-se el seu propi estudi de fotografia. I no li anava malament. Tenia èxit. Un nom. Un estil propi. Però i ell? «Què se n'ha fet de tots els meus somnis?», pensava el Jon, llençant la burilla de cigarret que ara trepitjava amb la vamba. Quant temps feia que no escrivia? I sí, això de la botiga de tatuatges li agradava força, però no era res més que un lloc on amagar-se i arrecerar-se del seu fracàs més estrepitós.

Vull escriure.

M'agradaria escriure.

Necessito escriure.

Per què no escric?

El Jon pensava tot això mentre obria la porta de casa, i s'hi va trobar el Pol fent-li la maleta.

El Jon s'hi va apropar sense entendre res.

—Què fas?

—Tu què creus? —va contestar el seu company. Si se'n podia dir company sentimental, d'aquella història que feia quatre mesos que durava—. Ja pots fotre el camp.

—Què? Per què ho dius? Què t'agafa, ara?

—Has vist l'hora que arribes, tio? On has passat la nit, eh? Va, és igual.

El Jon se'l va mirar traient-se les lleganyes.

—M'he quedat fins tard tatuant al local.

—M'és igual. Aquí tens la maleta. Vull que fotis el camp. No et vull més a casa.

—Però...

—Tio, vas a la teva bola, no dones explicacions, entres i surts quan vols.

El Jon se'l va mirar amb ulls inflats i parpelles de color porpra. Li feia mandra tenir aquest tipus de converses amb el Pol i encara més si s'havia passat tota la nit en blanc. N'havien parlat en comptades ocasions, d'aquest tema. I el Jon l'hi havia deixat clar. Una cosa era estimar-se i tenir una relació i una altra de ben diferent era el sexe. Aparentment el Pol ho havia entès i tots dos hi havien estat d'acord. Relació oberta. Moments compartits. Amics amb dret a tocar-se.

—M'és igual amb qui hagis estat —va balbucejar el Pol—. Aquest no és el problema.

—Doncs quin és el problema?

—Ja ho saps. Em fas mal. I no tinc cap ganes de continuar amb aquesta conversa.

El Pol va entaforar un jersei verd dins la maleta i encara va afegir:

—Per cert, el gos, te'l quedes tu. Vas ser tu qui vas insistir a adoptar-lo.

—No fotis, Pol. Saps que he de marxar amb els meus amics...

El Pol se'n va anar a la cuina i es va sentir el «cliiic» d'una llauna de cervesa obrint-se. A continuació es va tancar una porta. El Jon es va sentir sol. Va prémer un puny com si volgués esclafar un ou. Va mirar a través del cel obert. Una camisa blanca estesa penjant d'una pinça. Un gat d'angora observant-lo. El veí del tercer tercera amb el televisor encès a tot volum.

Va sortir del pis arrossegant el quisso. Va

mirar cap a dalt —cap a casa, cap al que havia estat el seu pis— i va veure una maleta enorme caient en picat i voleiant pels aires. Pam. Camises, calçotets, mitjons i llibres per terra.

4

L'Olívia recollia les fulles de la piscina quan va veure una mosca que havia caigut a l'aigua. La va agafar amb els dits tot fent pinça. Movia les potes. Va deixar-la damunt d'una taula i va pensar que la vida era més o menys això: la sensació de caminar sobre aigües tèrboles que en qualsevol moment podien engolir-te. Va mirar al voltant i un raig de sol li va impactar contra les ninetes. Es va imaginar a ella mateixa vista des de la perspectiva d'un artista plàstic. Un parell de focus la il·luminaven. Trípode ben col·locat. Càmera enfocant-la. El Nis, el seu Nis, el fotògraf que l'havia captivada, li indicava quina era la postura més adequada. Es va treure el vestit i es va quedar en banyador.

Va avançar fins a la piscina i hi va ficar el peu dret i després l'esquerre abans d'enfonsar-se i començar a nadar. Feia braçades. I ho feia delicadament, fent el mort, deixant-se emportar per la remor de l'aigua, lliscant ara a la dreta, ara a l'esquerra, amb un compàs gairebé sincopat.

Va sortir de la piscina i es va estirar damunt la superfície calenta de grava. Li agradava la sensació de connectar-se amb la terra com si tingués arrels que l'aferressin al món. «Quin món», va pensar. La família era lluny, d'amistats n'hi quedaven poques, els pares eren morts, feia temps que es buscava i rebuscava en un món que ja no era el seu. «Quin és el teu món, Olívia?».

Va aparèixer el Nis carregant una caixa plena de peix de tons platejats i maragdes.

—Mira el que he comprat a la subhasta de Cadaqués —va dir-li, assenyalant-li la caixa. Llobarros, turbot i un rap—. El Rafa del restaurant m'ha explicat una recepta per preparar el llobarro al punt de sal.

L'Olívia se'l mirava amb un somriure. Al seu món, al món d'on procedia ella, no hi havia llobarros sinó llaunes de tonyina i salsa de tomàquet de pot i de marca barata. Era un món diferent, el seu. Pisos compartits, vàters bruts, discoteques fins a altes hores de la matinada, nois amb qui follava als lavabos i que no tornava a veure més. Sí, aquesta era la seva vida. Sense pares, sense un rumb definit, sense amistats ni amors que la sustentessin. Només es tenia a si mateixa i uns quants diners —molts!— al compte corrent. Sovint s'ho preguntava amb un tel de melangia als ulls: «Per què es van haver de morir els pares, Olívia?». «Per què tan d'hora?». I les paraules finals de la mare amb el rostre esquerdat. «Tiraràs endavant, Olívia. Confia en tu». Fins que un dia va conèixer el Nis. Un home més gran que ella, atent, generós... un home que feia unes setmanes se l'havia endut en aquest petit racó de món, lluny de tot i de tothom, on estranyament se sentia protegida.

Va oblidar els seus pensaments i va apropar-se al Nis —«Soc aquí», es deia— mentre s'eixugava els cabells amb la tovallola.

—Fa molt bona pinta —va contestar l'Olívia—. Tot això et deu haver costat...

—Deixa estar el que m'ha costat. Pels amics, el que faci falta.

L'Olívia es va fixar en la cua platejada d'un peix que havia après feia poc quin nom tenia.

—Per a mi, turbot. I demà, si vols, podem fer els llobarros amb sal? Què et sembla?

—Pensava fer-los al forn. Amb llimona, vi blanc i quatre grans d'all. Però com a tu t'agradin.

Es va alçar un airet que li va posar la pell de gallina. Una gota d'aigua li regalimava pel front.

—T'han dit a quina hora arribarien, els teus amics?

—La Mila m'ha trucat fa cinc minuts des de l'autopista, estressada, com sempre. Bé, ja la coneixeràs. Ella sempre va estressada.

—És la que es dedica als rodatges de televisió?

—Sí, o s'hi dedicava. Ara, amb la nena i tot plegat, no tinc gaire clar a què es dedica... Però és una dona tot terreny, ja ho veuràs. Sort que té un marit que és un sant.

—Comences a fer-me por.

—No, tranquil·la, és una dona encantadora. Una de les persones més bones i generoses que he conegut mai.

—Vaja... I el seu marit? Es diu Max, oi? Com és?

—Ell és... Bé, no tinc gaire clar com és el Max —va respondre el Nis—. De fet, sempre havia considerat que no era una persona gaire interessant ni tampoc gaire atractiva.

—També va estudiar la mateixa carrera que vosaltres?

—El Max? No —va contestar el Nis com si s'ho acabés de pensar una mica—. Ell té un bar a Barcelona.

—Un bar?

—Sí. Bé, un bar, no. Crec que és una cafeteria. Fan els millors cafès de Barcelona i em sembla que es guanya bastant millor la vida que cap de nosaltres.

—Ah, vaja...

—No, si el Max al final és el més llest de tots. A més, no el critico. Fa el que li agrada... I em sembla que és un bon tio... Tranquil...

Només quedava preguntar per l'últim membre del grup.

—I el Jon, com és?

—Bé, ell... —El Nis es va quedar pensant uns segons llargs. Uns segons que es van fer eterns—. El Jon era el millor amic de la Paula.

—Ah...

—Sí, el Jon t'agradarà molt. Tot i que últimament no hi he parlat gaire.

El Nis tenia una mena de buit mental —una mena de parèntesi, un espai vacu— de tot el que havia passat després de l'accident de la Paula. Era com si algú hagués esborrat una a una les fotografies i no n'hagués volgut deixar cap rastre. Apareixien colors dissonants i un temps d'insomni que hauria preferit no haver de viure. Nits intermitents sota medicació, despertant-se a les tres de la matinada, trucades del Jon a hores intempestives, plors de la Mila... La solitud tancat al bany i observant insistentment la tassa del vàter. De tant en tant, la fotografiava. Des de totes les perspectives possibles, tenint en compte la llum que entrava per la retícula de la finestra segons quina fos l'hora del dia. Fins que un dia va dir «prou» i va aparèixer l'Olívia.

—Vindrà amb el seu nòvio, oi?

—Qui?

—El Jon? No parlàvem del Jon?

—Sí, és clar, suposo que sí. Tot i que no ho sé... El Jon és imprevisible. Mai saps exactament en quin punt és de la seva vida.

El Nis va ficar el peix a la nevera. Li va quedar un fil de sang entre les ungles i de seguida es va rentar les mans. L'Olívia es va encendre un porro i va fer una llarga calada.

—En vols? —va dir ella.

El Nis va negar amb el cap i va obrir una llauna de cervesa.

—Per la dona més bonica del món.

I això últim ho va dir prement els llavis fort com si es volgués mossegar i fer mal. Però l'Olívia no se'n va adonar, ni tampoc es va adonar que els pensaments del Nis volaven mar enllà; entre cales turquesa, llençols rebregats i música del Bowie.

5

—Si no us quadren les escenes, en traieu i punt —deia la Mila, sense treure els ulls ara de la carretera, ara de la nena.

La Lluna dormia dolçament a la cadireta, tapada amb una manta de quadres vermells i blancs, malgrat la calor, «perquè sobretot no se li refredin les cames, Max».

—Seqüències de nit? Impossible. Massa car. I escenes amb figurants, res. Són massa cares. Vull el bar buit. Buit!

La Lluna dormia —després d'haver-se saciat de tanta llet materna— i el Max de tant en tant mirava el GPS. Mitja hora per arribar. Parabrisa brut. Viatge llarguíssim. Tenia unes ganes enormes d'arribar i tirar-se de cap a la piscina. La Mila li va fer un senyal perquè parés en una àrea de servei alhora que li assenyalava insistentment el telèfon.

Van aturar-se en una gasolinera i el Max va aprofitar per carregar de benzina el vehicle. La Mila, mentre comprava un parell de bosses de patates sense gluten —«Perquè tinc la sensació que no l'ajuden a la digestió, Max»—, parlava pel mòbil gesticulant amb ímpetu. Les pupil·les s'obrien i es tancaven com una persiana metàl·lica que actua amb comandament a distància. Iris amunt i avall, a dreta i esquerra, ara al Max, ara a la Lluna, que continuava dormint a la cadireta del cotxe, ara a les persones que passaven pel voltant, que no volia que la veiessin massa atabalada.

—No em podeu trucar enmig del rodatge per dir-me que no queden exteriors, queda clar?

I més endavant:

—No, que ho resolgueu vosaltres, que per això m'he buscat ajudants. D'acord, però si teniu cap problema em truqueu, eh? Però, sisplau, intenteu no trucar-me més. Estic de cap de setmana amb uns amics. —I encara va afegir—: Si no és indispensable.

El Max l'esperava recolzat al capó del cotxe amb la mànega de la benzina reposant sobre la seva panxa. «Tens massa panxa, Max», li deia últimament la Mila. Semblava una estàtua observant tot el que passava al seu voltant. Impertèrrit. Com si ell no formés part d'aquest món ni encara menys de tot el que hi succeïa.

Ella es va apropar esbufegant i amb el mòbil a la mà.

—I ara què passa? —li va preguntar el Max.

—Els inútils del rodatge, que sembla que em necessitin per a tot.

—Però si els has trucat tu.

—Sí, ho he fet. Però perquè sé que no puc refiar-me'n.

—Problemes amb algun actor?

—No. Però d'on collons trec cent figurants mentre vaig de camí cap al cul del món, eh?

El Max se la mirava amb guspires de tendresa negant una vegada i una altra amb el cap. La seva dona. La coneixia. La necessitat més absoluta de control. La veu metàl·lica enganxada al mòbil. Sempre havia pensat que la feina de producció s'adaptava perfectament a les característiques intrínseques de la seva personalitat. Un soldat en plena acció. Armadura i escut. Preparat per a qualsevol batalla.

—Què fem? Podem marxar? O creus que encara necessitaràs fer més trucades?

—Marxem —va dir la Mila, enfadada—. Sembla que ho diguis com si a sobre fos culpa meva...

Amb la mirada fixada a l'autopista, el Max va arribar a pensar que la seva dona qui sap si no volia arribar a la destinació. Buscava obstacles, entrebancs constants, viaductes per escapar-se i evitar el camí costerut de tornada a casa. Perquè tornar a Portlligat era tornar a casa de la Paula, la germana de la Mila, l'exdona del Nis. Era tornar a un passat de festes, i converses animades, i sortides en barca escoltant Prince, i rient, i compartint petits moments de vida. «L'accident de la Paula ho va canviar tot», va dir-se el Max amb les mans lliscant sobre el volant. Des de llavors, la Mila vivia reclosa en trucades, preocupacions excessives, feina de rodatge extra, llibres de criança que la tenien ocupada dia sí dia també. «Perquè he llegit que si la nena dorm amb els pares, aconseguirà fer un vincle afectiu més fort». «Perquè la llet sense lactosa ajuda a la digestió». «I cal ventilar l'habitació tres cops al dia perquè no hi hagi gèrmens». «I que si l'adopció, i demanar ajuda a un psicòleg». Prou, pensava, el Max, prou ordres, prou advertències, prou pòstits deixats curosament sobre la taula del menjador.

Altre cop trànsit.

Un accident.

—Què ha passat, ara?

La Mila va esbufegar i va apujar el volum de la música.

—Arribarem tard al dinar.

Tots dos van pensar en l'accident de la Paula. I en sang, i en crits, i en uns ulls plens de guspires confonent-se amb l'asfalt de la carretera.

Més volum.

Qualsevol cosa per distreure's.

Cap d'ells no es va atrevir a pronunciar el nom de «Paula».

6

Va arribar a la plaça Catalunya seguint les instruccions que li acabaven d'enviar pel mòbil. Portava el Nirvana lligat amb la corretja i mirava en tot moment al seu costat. Buscava un Peugeot Picasso de color vermell amb matrícula 2180GYX. Per fi el va trobar. Va saludar el conductor amb bigoti i aquest li va retornar un somriure ample. Era un home d'uns cinquanta anys —mal portats, papada de carn d'olla, galtes molsudes—, que segons deia a l'anunci necessitava viatjar a Portbou per qüestions de feina. Es van saludar fent una encaixada de mans i l'home li va dir el preu del viatge, que serien deu euros. Peatge inclòs.

—Hi estic d'acord —va afegir el Jon—. Però el Nirvana ha de venir amb mi.

—Cap problema —va dir l'home, acariciant el pèl del fox terrier que lluïa un ull borni—. Quants anys fa que el tens, aquest gos?

—Bé, uns mesos i prou. El vam trobar abandonat al bosc.

—Molt bé.

El Jon va decidir no donar més explicacions sobre la seva vida. L'home se'l va mirar amb una espurna d'estranyesa i va fer com si res. N'havia vist de tots els colors, fent llargs trajectes. Gent diversa, històries múltiples, camins que es bifurcaven.

—Què? Puges el gos i marxem?

Van enfilar cap a Cadaqués enmig d'una sensació de xafogor urbana. Va posar l'aire condicionat i li va preguntar si li feia res que escoltessin música. «Cap problema». Això de viatjar amb un estrany començava a formar part de la seva vida. Vivia amb estranys —sofàs, habitacions, pisos compartits—, viatjava amb estranys, follava amb estranys a qui havia vist tan sols cinc minuts en un bar de copes. Es preguntava una vegada i una altra on havia començat tot. Però ara escoltava Coldplay. Paradoxal per la calor que feia. «Tell me your secrets. And ask me your questions. Oh, let's go back to the start».

—Vas a veure la família? —va preguntar el conductor, abaixant la música i intentant fer un esforç per mostrar-se cordial.

—No. Uns amics...

L'home no va dir res mentre esperava un temps prudencial una resposta més llarga. El Jon no tenia ganes de conversa. Tot i això, va fer l'esforç de mostrar-se amable.

—De la universitat. Estudiàvem tots la mateixa carrera. Audiovisuals. Però ara fa massa temps que no ens veiem.

—Puc preguntar per què?

—La Paula, una amiga..., va tenir un accident. Una amiga nostra. Des de llavors em sembla que no ens hem tornat a veure.

—No us heu tornat a veure des que la vostra amiga va tenir un accident?

—Psí, més o menys. Potser ens hem vist per separat. Però mai ens hem tornat a reunir tots quatre.

Mentre el conductor feia fabulacions del

possible incident de la Paula, el Jon va pensar que ja feia pràcticament cinc anys que no es reunien tots a la casa de Portlligat. Cinc anys de la Paula, de l'accident, de les mirades i dels silencis constants, dels «No em truquis més, Jon, que no en puc parlar» (la Mila), dels «Per què li ha hagut de passar a ella, eh?» (el Nis). El cas és que ara era aquí, acompanyat d'un desconegut com quasi sempre i olorant flaires de gasolina, camps de purins i...

—Vostè on va? —va preguntar precipitadament, amb ganes de canviar de conversa.

—Vaig a Portbou, a un casament.

—Oh... Es casa algú de la seva família?

—No. Soc cuiner. M'encarrego del banquet. Aquí darrere —va dir, assenyalant el capó del cotxe— porto olles plenes de fricandó i pastissos de gerds i llimona.

—Oh, de debò? M'està dient seriosament que aquí dins hi porta uns quants pastissos de gerds i llimona?

El Jon va girar el cap lleument i va veure unes vint capses enormes de cartró que es va imaginar plenes de pastissos. Li va fer venir aigua a la boca i va pensar que podrien aturar-se per tastar-ne un mos. Mans plenes de pastissos, boca, nata i crema regalimant pel cos. Darrerament tot ho volia i ho desitjava al moment. Sexe ràpid. Desconeguts. Webs de contactes. I amb alguns repetia unes quantes vegades i fins i tot s'instal·lava al seu pis. El cuiner va mirar de reüll el GPS i va rebaixar una mica la velocitat. S'apropaven a un peatge.

—Els cuiners fem la vida de les persones més agradable.

El Jon es va quedar pensant en la frase; uns segons suspesos a l'aire...

—Apareixem en moments importants, com ara en un convit de casament, i què fem? Oferir menjar. Ho saps, que des de temps ancestrals s'ha associat el menjar, i concretament el dolç, amb la felicitat i l'intent de procrear a la terra?

—No m'he fet mai aquesta reflexió, francament.

—Tu pensa: el dolç... què et suggereix? Records plàcids o records dolents?

—Plàcids, suposo.

—Intenta concretar més. Què et recorda?

—Un núvol, un petó de l'àvia, un dia d'estiu. La festa d'aniversari de quan era petit...

—Ho veus? Els cuiners fem una funció important. Una funció sociològica.

Va tornar a apujar la música.

—En alguns casos, fins i tot el menjar bo és sinònim de vida. Té a veure amb el fet de salvar-se, de tirar endavant, de trobar motius per viure.

—I aquesta gent que es casa? Els coneix?

—No pas —va contestar el cuiner, embolicant-se parlant d'un parentesc llunyà amb la núvia.

El Jon va deixar el fil de la conversa i va aterrar a la boda del Nis i la Paula, ara devia fer uns vuit anys.

Pastís de vuit pisos, petons d'amor, cava, petards...

«Perquè us estimo i sempre sereu els meus grans amics», va dir la Paula amb una copa de cava vessant a la mà.

I van brindar, i van fer-se fotografies.

I ella li va dir amb els llavis plens de nata: «Ei, Jon, si no fossis gai m'hauria casat amb tu. Ho saps, que ets un tio de puta mare?».

Encara ara li costa recordar el moment.

7

El Nis passejava per la galeria d'art obrint-se pas entre la gent. Vestia amb una camisa blanca de lli, amb un parell de botons descordats, i uns texans desgastats amb vambes taronges i cordills maragdes. Parlava amb familiars i coneguts —dos petons, copa de cava, com anem?—, mentre aprofitava per parlar amb ímpetu de la seva darrera obra. Les seves fotografies, de mida vuitanta per cent vint, eren un autèntic cop de puny a l'estómac. «És l'essència de l'art», es deia sovint. «Si no impactes, si no arrisques, si no tens alguna cosa a dir, que et surti de les entranyes, que necessitis vomitar com sigui, que et remogui per dins, aleshores val més que et dediquis a una altra cosa». Imatges de cames amputades, pits tallats per una mastectomia, cicatrius al cervell d'una operació d'un tumor cerebral, erosions a la pell, herpes labials i tants d'altres provocaven tot tipus de reaccions inesperades. «Són homes i dones incomplets», assegurava el Nis. «Com tots nosaltres», afegia amb un somriure. «Per què ens costa tant mirar els ulls a la imperfecció?».

Passejava entre els assistents i ara s'abraçava a la seva cunyada, la Mila, tan bonica com sempre, que havia arribat tard i no parava de queixar-se de la seva feina estressant a la productora; ara al Jon, que sortia d'un curs d'escriptura i venia amb un guió sota el braç; ara al Max, que es preguntava en tot moment «si aquestes fotos són prou bones o més aviat són una presa de pèl, Mila»; ara al pare del Nis, un arquitecte adinerat que des de feia anys havia marxat a viure amb la seva segona dona a Alexandria, i a tants i tants altres familiars i coneguts. Aplaudiments, comentaris *sotto voce*, «Quin talent que tens», celles arrufades... i un petit dubte que assaltava el Nis. «I la Paula?», es preguntava. «Per què collons tarda tant a arribar?».

Al cap d'uns segons la Paula va contestar al telèfon.

—No em trobo gaire bé, Nis. Em sembla que em quedo a casa.

Ell va arrufar el nas.

—No fotis, Paula. I les targetes? —Uns segons més tard es va desdir del comentari—. No passa res, carinyo, tu descansa. Les targetes poden esperar. Ja ens veurem més tard, d'acord?

Va abandonar el mòbil a la jaqueta —en una cadira qualsevol, llunyana, situada en una cantonada de la sala— i va recuperar el somriure burleta.

Mentre parlava amb els assistents, tenia la sensació —incerta, difícil de definir— que el seu cos darrerament era víctima d'un cansament exacerbat. Feia uns dies s'havia fet unes analítiques per comprovar si els glòbuls vermells es trobaven dins dels límits establerts, i tot estava en ordre. «Darrerament tinc la sensació que em costa més respirar, Paula. I em canso quan vaig a córrer. I em trobo una mica més pàl·lid, no ho veus? No trobes que tinc un color al rostre com de blanc trencat?».

A casa s'havia produït la conversa següent:

—Vaig de puto cul, Paula. Em podries anar a buscar les analítiques?

—I tant, Nis, no et preocupis —li havia dit ella—. Tu concentra't en l'exposició i prou.

Carícies i llençols desfets.

—Triomfaràs amb les fotos, Nis, n'estic segura.

Més carícies i llençols desfets.

I més tard:

—Ep, Paula, m'he oblidat les targetes de presentació a casa. Tu me les podries portar?

—És clar que sí, Nis.

Això era abans de posar-se malalta.

Va entrar al bany i va aprofitar per fer-se una ratlla de coca. Era un addicte en tota regla. En prenia des de feia molt de temps, «tot i que no em fotis el pal, Jon, sé perfectament que no és bo i ho deixaré quan em doni la gana». Aquest va ser el discurs que havia practicat feia uns cinc anys, quan de tant en tant s'excusava i se sentia culpable. Però ara en tenia un altre de molt més recent: «No penso deixar les drogues perquè senzillament em fan sentir bé. I les controlo, Jon, així que no passa res, d'acord? No m'emprenyis». La sensació d'estar col·locat era més necessària que mai en un dia com avui. L'ajudava a suportar tensions, crisis creatives, possibles crítiques a la premsa que sortien en qualsevol moment... Dins seu, en algun lloc recòndit del cap, o qui sap si del cor, es preguntava una vegada i una altra si realment era un bon fotògraf. Potser només l'hi deien per tractar-se del fill d'un arquitecte conegut... Però i si no hagués estat per això?, es preguntava internament. «A qui li importarien totes aquestes obres? En el fons no són una merda?».

—Què, mestre? —va dir-li la Mila—. I la meva germana, on se suposa que és?

—S'ha quedat a casa —va contestar el Nis, més animat del compte—. Us envia records.

Però aleshores va venir un galerista de renom i el Nis es va oblidar de la Paula, i de la Mila, i de la presència dels seus amics arraconats darrere una columna amb una copa de cava a les mans, mirant amunt i avall, amb el rictus esquerdat i preguntant-se en quin moment podrien marxar cap a casa.

Unes hores més tard, el Nis va entrar a casa —col·locat, més col·locat del compte—, quan va decidir agafar el mòbil i es va trobar més de deu missatges d'un número desconegut. Va cridar: «Paula?». Silenci. De cop, una fiblada a l'estómac. Va córrer cap a l'habitació —la seva habitació, la d'ells: «On ets, Paula?»— i va veure el llit buit. Palpitacions cardíaques. Aleshores va escoltar els missatges al mòbil... Trucaven des de l'hospital. La Paula, la seva Paula, havia tingut un accident. «Es troba en estat greu», va dir una veu aguda i metàl·lica.

Aleshores va córrer cap aquí i cap allà, va agafar claus, jaqueta, mòbil, va trucar a la Mila mentre baixava les escales… «Hi ha hagut un accident, Mila. La Paula… corre», i a partir d'aquí es va produir una mena de parèntesi que ni ell mateix era capaç de recordar.

(…)

Un taxi.

Dos carrers.

Una plaça.

Els graons de l'hospital de quatre en quatre.

Un passadís llarg, ple de gent.

Una infermera indicant-li una saleta.

La Mila fonent-se en una gran abraçada...

I un metge va sortir i els va parlar en un to seriós.

—Familiars de la Paula Márquez?

—Sí, soc el seu marit —va apressar-se a contestar el Nis.

—I jo, la seva germana —va afegir la Mila.

—Ho sento —va contestar el metge—, la Paula es troba en un estat greu. S'ha donat un fort cop al cap i a la columna.

—Però... què ha passat?

—Tenim entès que un cotxe se li ha tirat a sobre.

—Com?

—Volia venir... em volia dur les targetes... —va balbucejar el Nis.

Aleshores el metge de bosses violàcies sota els ulls va fer un desplegament tècnic de mots que el Nis no encertava a comprendre. Convulsions, li hem induït el coma, no sabem si hi haurà seqüeles, tot i que encara és d'hora, lesió de la medul·la òssia, dues vèrtebres s'han desplaçat, han lesionat la columna, la part alta de la columna, haurem d'esperar, haurem d'esperar, haurem d'esperar, haurem d'esperar, haurem d'esperar...

El Jon va arribar corrents i es va abraçar al Nis.

—Què collons ha passat?

—La Paula... un accident... està molt malament, Jon —va dir-li la Mila.

El Jon i la Mila es van abraçar mentre el Nis buscava una cadira on asseure's.

Va fer tres voltes sobre si mateix sense saber exactament on posar-se.

Aleshores va trobar una cadira.

Es va posar la mà al pit.

Les parets i els sostres es van esfondrar.

Paula, Paula, Paula...

8

Portava un vestit vermell amb un rivet blanc que li arribava fins als turmells. L'escot, prominent, atractiu, mostrava els encants d'un cos que lluïa jove. Va pintar-se els llavis amb tocs de brillantina i es va col·locar uns braçalets de fusta a l'avantbraç esquerre. Es va mirar al mirall —«Tot anirà bé, Olívia»— i va esforçar-se a practicar un somriure.

Un cop de vent va fer espetegar les finestres. Pam.

Va anar a tancar-les i es va quedar captivada mirant el paisatge.

Blau.

Roques i blau.

Pinzellades turqueses.

De tant en tant, un pi sobresortint enmig d'una roca.

Com a bona estudiant que era d'història de l'art, els llocs lligats al passat sempre l'havien captivada. Pensar que allà, en aquell tros de terra remot, hi havien passejat personalitats il·lustres del món de la cultura com ara Dalí, Gala, Lorca o Paul Éluard era si més no un somni. El Nis l'havia portat seguint les passes de Gala, la musa de Dalí, que s'havia sentit tan fascinada per l'Empordà com ara ella mateixa se'n sentia. La casa de Portlligat que compartien amb Dalí, a quatre passes d'on eren ells, amb la barca a l'entrada i l'os dissecat. El meravellós castell de Púbol on ella l'esperava asseguda al tron de reina i el feia agenollar-se cada cop que ell la visitava. La taverna on dormien quan feien nit a Cadaqués, de finestres blaves. El restaurant del passeig on anaven a dinar amb Lorca... Tots ells, personatges i escenaris que havien deixat petjada. Però el personatge que més li despertava l'interès era sens dubte Gala. La dona lliure, que va abandonar marit i filla per anar a trobar-se amb el que creia l'amor de la seva vida, per arraulir-se a Cadaqués, terra enigmàtica, on va viure on va voler i com va voler, submergint-se al mar, amagant-se rere les roques, respirant la tramuntana que tot ho enfollia..., l'enigmàtica Gala... Potser tan enigmàtica com ella, va arribar a pensar. Des que s'havia quedat òrfena, sense parcs, sense més familiars que una tieta, la seva única tieta, es va aferrar als braços del Nis i va decidir seguir-lo a tot arreu. Allà on ell volgués, vent enllà, tramuntana enllà, tot i intuir que aquests paratges podien resultar perillosos.

Va baixar fins a la sala i es va disposar a parar la taula. Casa seva no era casa seva, aquell mar no era el seu mar, les fotografies penjades a les parets no eren les seves fotografies... Tot i així, no sabia exactament per què, se sentia bé vivint una vida que no era ben bé la seva. «Li estic robant la vida a algú?», es preguntava.

Va obrir la calaixera i va començar a buscar les estovalles. No les trobava enlloc i va obrir un altre calaix. Al tercer calaix, un calaix desconegut fins ara, hi va trobar un sobre relligat amb una goma de pollastre.

Alguna cosa li va cridar l'atenció.

Va obrir-lo amb cautela —«No l'obris, Olívia, no l'obris»— quan va trobar-se tot de fotografies.

No sabia si mirar-les o no.

Curiositat incessant.

Finalment va dir que sí —«On deu ser, el Nis, ara?»— i les va observar amb una atenció desmesurada.

La Paula —cabellera pèl-roja, rostre emblanquinat, somriure serè— apareixia al costat del Nis, tot somrient i mirant a la càmera.

«On deu ser això? Un restaurant de Cadaqués? Aquesta és la Paula?».

Va apropar el rostre a la fotografia i li va semblar que en sentia fins i tot l'alè. Feia olor de poma, de gessamí, de licor i de fusta de roure..., era realment bonica..., enigmàtica... Per un instant, la imatge de la noia —vist des de la seva perspectiva, una criatura— la va engelosir. Però en comptes de deixar-ho va voler continuar mirant per veure tot el que hi trobava. Hi havia més fotografies, aquesta vegada amb una intenció artística. Les havia fetes el Nis, n'estava segura. La Paula asseguda al balancí, la Paula al llit entre llençols, la Paula pujada dalt d'una moto en un carreró empinat de Cadaqués, la Paula bufant les espelmes, la Paula en una parada d'autobús a Barcelona... Era Barcelona? La va assaltar un dubte: per què no l'havia fotografiada mai, a ella, el Nis? Com si es tractés d'una mena de *voyeur*, d'una veïna que s'amaga darrere la cortina amb uns bons prismàtics, d'una boja amb tocs de depredadora sexual, va poder veure una fotografia de la Paula en tota la seva gran esplendor. Pits generosos, malucs amples, mirada esbiaixada... Tota ella desprenia un erotisme que no sabria com classificar.

L'odiava.

O potser l'admirava?

A la darrera caixa hi va trobar un feix de cartes. Totes elles datades sorprenentment de feia poc temps. Tres anys enrere. Dos anys enrere. Sis mesos enrere. El remitent: Paula Márquez.

Va sentir una esgarrifança.

Va obrir un dels sobres i va començar a llegir:

«Estimat Nis. Només tinc un desig. I només tu el pots fer realitat. Necessito que m'ajudis».

Va sentir un calfred i va deixar la carta.

Va tancar el calaix —«Adeu, Paula, et quedaràs confinada en un calaix»— i es va disposar a parar taula.

Ganivet a la dreta, forquilla a l'esquerra.

Cullera encara més a la dreta.

La imatge de la Paula —la bonica Paula, la desconeguda Paula, l'enigmàtica Paula— començava a palpitar dintre seu.

II

9

El Nis xatejava estirat a l'hamaca del porxo —paret blanca, taques fúcsies de buguenvíl·lia, mar de fons— mirant de distreure's una estona.

Repassava la seva llista de contactes preguntant-se fins a quin punt la majoria de la gent que hi tenia adherida eren els seus amics. Hi havia companys de feina, clients, coneguts de feia quatre dies... Però d'«amics», del que se'n diu «amics», no tenia clar fins a quin punt en tenia.

Va deixar el mòbil i va fer un glop de cervesa. De fons la remor del mar i el zumzeig d'una libèl·lula.

Feia calor.

Gotes de suor al front.

Va clavar ulls a un núvol i es va deixar endur per pensaments dissonants. Portlligat... La seva segona casa. Se sentia satisfet que algun dia, qui sap quan, qui sap en quin moment vital, el seu pare, l'arquitecte notable del seu pare, hagués decidit construir-se una casa al bell mig del cap de Creus. Més tard, com que els pares eren viatgers i la mare sovint trobava a faltar els parents de Grècia, van anar abandonant les anades i pujades al cap de Creus per petites estades a Grècia cada cop més espaioses. Així que Portlligat va començar a convertir-se en el seu feu. I més tard hi va dur els amics de la universitat durant les vacances. La Paula, la Mila, el Max i el Jon. I van fer-hi festes, i convits, i tertúlies fins a les tantes de la matinada, converses llunyanes i pluges d'estels en aquest mateix jardí, «Perquè aquí els estels es veuen diferents, Nis...», li deia la Paula. «Es veuen tan bonics. Fixa't en aquest cel, que sembla una pintura». Aquí mateix, amb la Paula —badia al davant, remor de l'aigua, dits entortolligats—, havien fet l'amor infinitud de vegades. Quan el món creia que era d'ells dos, i el podien agafar en un puny, «Tu i jo sols». El Nis va empassar-se una llàgrima agra.

Va intentar recompondre's.

«Avui serà un gran dia», es va dir.

Els seus amics.

«Tot serà com sempre però sense la Paula».

«Ens hi hem d'acostumar. Només canvia una variable».

Només una.

I sí, sabia del cert que tots els seus amics l'animaven perquè tirés endavant i intentés ser feliç. Així que aquí dins hi encaixava l'Olívia. Hi havia d'encaixar, l'Olívia, per força...

El so de la botzina va esvair els seus pensaments.

Davant seu, un Citroën Picasso de color negre aparcava al pati. El Max i la Mila el saludaven des de l'interior del vehicle amb un somriure ample. Ell, tan formal i insegur com sempre. Ella amb la mandíbula tensa i els llavis tibant.

Va alçar-se en un bot minúscul i va caminar fins a ells.

De dins, en va sortir la Mila, el seu marit Max i la petita Lluna, que feia cara d'haver-se despertat feia tan sols uns moments.

El Nis va formular un somriure —«Vinga, Nis, tu pots, supera't»—, i va projectar un to de veu grandiloqüent.

—Ei, ja sou aquí, quina il·lusió.

Petons i abraçades teatrals.

—No saps la cua que hem trobat a l'autopista —va afanyar-se a contestar la Mila.

—Aquesta vegada no hem portat res per menjar —va disculpar-se el Max.

—No cal que porteu res, amics. Tinc de tot. —I mirant-se la Lluna amb afecte—: I tu què, bonica? Com està la meva petita Lluna?

La nena, cabells enganxats al front, galta marcada per la tapisseria del cotxe, va arraulir-se sota les cames de la seva mare.

—És una mica tímida —va afanyar-se a contestar la Mila—. Tot i que cada vegada es deixa anar més. Aquest any ha començat a anar a l'escola.

—Sí, i ha anat força bé. L'any passat se la va quedar ma mare...

—I no va anar bé —va interrompre la Mila.

—No, tampoc és exactament això. Va anar bé, però la Mila ja saps com és... Ho vol tenir tot sota control. —Es va apropar al Nis per dir-li a l'orella—: En el fons no suporta ma mare...

El Nis va riure i va acariciar els cabells de la Lluna, suaus i grocs com un fil de seda. La nena va fer un pas enrere.

—Vols prendre teta, carinyo? —deia la Mila, dirigint-se altre cop a la seva filla—. Tens gana?

El Nis i el Max van creuar una mirada de complicitat, com si tots ells la coneguessin massa. El Nis els va fer passar cap a dins —«Entreu amics, voleu prendre alguna cosa?»—, mentre mirava a banda i banda preguntant-se on era l'Olívia.

—Venim amb una calor de nassos —va dir-li el Max—. Jo em poso el banyador i em llanço directament a la piscina, eh?

—Oi que és una casa preciosa, bonica? —deia la Mila a la Lluna—. Vine, que te l'ensenyo... A la cuina hi ha una paret de pissarra on podràs dibuixar tot el que tu vulguis.

Van entrar cap a dins i la Mila va donar una

llambregada ràpida a la sala. La va sobtar l'absència present a cada petit racó. Cap fotografia de la Paula, ni dels seus viatges, ni del casament, res. La va embolcallar una olor de lleixiu. Era el res. L'absència intencionada. La necessitat d'inventar-se un nou escenari i disfressar-lo d'un «aquí no ha passat res i comencem de nou».

Van deixar les coses —que si una bossa, que si els bolquers, que si l'aparell per controlar-la quan la nena dormia «perquè no faci una apnea, Max»— i van entrar cap a la cuina fent veure que era un dia qualsevol.

—Deixem els vinets a la nevera, Nis?

—Millor al congelador, si és vi blanc.

La Mila va obrir la nevera i es va trobar amb uns ulls de peix cristal·lins que encara agonitzaven.

Per un instant, va sentir un calfred. Mort. Va col·locar el vi blanc al costat d'una ampolla d'aigua i es va afanyar a somriure.

—No m'ho diguis, turbot!

El Nis va assentir amb un somriure.

—Ho saps, que a la Mila li agrada molt el turbot? —va perfilar el Max.

—Doncs avui et podràs posar les botes de peix i de tot el que vulguis, Mila. I amb els caps que ens quedin en farem un bon fumet. Què me'n dius?

—Bona idea. Voldràs fer un suquet de peix?

—Havia pensat fer un arròs. Però si prefereixes suquet de peix, puc canviar els plans.

—M'encanten els arrossos —va afirmar la Mila—. I a la Lluna també, oi, bonica?

La Lluna feia estona que no mirava la Mila. Mirava un punt indefinit de l'escala, una taca grisa en moviment que s'anava desplaçant a poc a poc, aproximant-se cap a ells. Tots van girar-se i van observar-la amb ulls de «primera vegada». Era l'Olívia. La desconeguda de l'Olívia. Desplegant-se per primer cop davant dels seus ulls com si fos un bon llibre. Baixava amb parsimònia i un somriure delicat als llavis. Tremolava. La Mila la va observar com qui analitza un pla seqüència. Atenta a cada detall, a cada possible error d'angle, buscant en qualsevol moment la imperfecció a què pogués agafar-se i fer repetir la seqüència «perquè no ha quedat prou bé, nois, tornem-la a repetir». Sabia que era comprensible que el Nis tingués parella. I també sabia que l'havia d'acceptar malgrat que el cor li digués una altra cosa. Per què no fer-ho? El Nis tenia dret a viure. Hi tenia dret. Hi tenia dret. Hi tenia dret. Hi tenia dret, es repetia.

Va arribar a la planta baixa i el Nis li va agafar la mà.

—Nois, us presento l'Olívia.

—Encantada —va somriure ella, amb les polseres dringant amunt i avall.

—Ella és la Mila, la germana de la Paula, i ell és el Max, el seu home. —El Nis va decidir parlar de la Paula per donar un aire de naturalitat a l'ambient. Va pensar que així tot funcionaria millor. Paula. Un peatge que calia pagar. A partir d'aquí tothom se sentiria més tranquil. Calia parlar-ne amb naturalitat. Amb naturalitat i amb un gran somriure.

La Mila va dir-li «Hola» i li va estampar dos petons a la galta. Plaf. Artificiosos. Com si es poguessin enganxar amb cola per després tornar-los a desenganxar.

—Hola —va respondre l'Olívia, intentant esforçar-se a aparentar naturalitat.

—Encantada.

Hi va haver un silenci curt en què cap dels nous amics sabia què dir-se. L'Olívia esperava que algú parlés per rescatar-la, el Max estava pendent de la nena, el Nis es preguntava si tenia dret a dur una amiga que acabava de conèixer, la Mila intentava endevinar la seva edat. Vint-i-tres? Vint-i-quatre anys? El Nis li havia dit que estava acabant la carrera d'Història de l'art, per tant...

—Així doncs, heu trobat cua a l'autopista? —va preguntar el Nis, fent veure que no passava res i girant-se altre cop cap als seus amics.

—No t'ho pots ni imaginar. —La Mila, atropellant les paraules—. Però per fi ja som aquí. Portlligat. Quina casa més bonica. Per cert, em truquen. De la productora. Us he de deixar...

La Lluna s'arrossegava sota les cames de la mare i la Mila va fer un gest al Max —ràpid, controlador— perquè la vingués a salvar. El Max va agafar la nena en braços mentre somreia a l'Olívia i es disposava a parlar de... «Quin bon temps per anar a banyar-se, no?».

Per un instant, l'Olívia no sabia què fer amb cap de les extremitats del seu cos. Un rictus de tensió als llavis. El coll rígid. I una frase dita al vent que procedia del Max: «Sembla que avui farà força calor, oi?».

10

El Max era a la piscina amb els braços oberts, esperant agafar la seva filla. La Lluna, amb el flotador de peixos, va posar un peuet a l'aigua i el va tornar a enretirar.

—Endavant, Lluna, ja veuràs que no està tan freda.

La Lluna es va mostrar indecisa però ara sí, va ficar el cos a l'aigua i es va agafar al braç del Max. Anava amb flotador amunt i avall, ara agafant una fulla de morera de l'aigua, ara fent xip-xap amb les mans... Feia temps que tant el Max com la Mila tenien la sensació que la Lluna es reservava els sentiments i no s'atrevia a expressar-los. Els dedicava un mig somriure, sí. Com el dia que van anar a buscar-la a l'orfenat de Kíev i en veure'ls des del bressol els va dedicar una rialla que els va enamorar. Des de llavors aquesta era la seva estratègia, pensava el Max. Els somriures de la Lluna com a acte de supervivència. «Sisplau, emporteu-vos-em; sisplau, no em deixeu aquí, protegiu-me i a canvi us regalaré tants somriures com vulgueu». La venedora de somriures.

El Max es preguntava si aquelles rialles, acompanyades de la sobreprotecció de la Mila —«No creus que és una mica baixeta, Max?»—, no eren com un artefacte a punt d'explotar.

La Mila va tornar amb el mòbil enganxat a l'orella.

—Em sembla que ja ho he resolt tot. Vens amb mi, Lluna? Va, que nedarem una mica... Oi que aquí toques de peus a terra?

L'Olívia ho observava tot estirada en una gandula de ratlles vermelles mentre mossegava una oliva verda i es preguntava a cada moment quin paper havia de tenir en aquell joc. Una abella va aterrar sobre el bol d'olives, va fer quatre saltirons i va tornar a marxar. L'Olívia va desitjar que la piqués pel simple fet de tenir un rol en aquell joc desigual de converses.

—Aquesta tarda podem anar a fer un tomb en barca, què us sembla? —va dir-los el Nis sobre un flotador enorme en forma de pelicà.

—Sí, és una bona idea —va dir la Mila amb un radar lleugerament enfocat cap a la dreta.

—A l'Olívia també li agrada molt anar en barca.

—Ah, fantàstic —va esforçar-se a comentar la Mila. I mirant-se la noia va preguntar—: Quant temps fa que vius aquí amb el Nis a Portlligat?

—Tres setmanes…

Creuaments de mirades.

—I fa uns tres mesos que el Nis i jo estem junts, oi? —va dir, mirant el Nis i suplicant que la vingués a salvar.

—Sí, amor…

—Vaja… —va respondre la Mila.

Més mirades i més capbussades sota l'aigua.

—Però això de navegar m'ha agradat des de petita —va intentar refer-se l'Olívia—. A casa meva, amb els meus pares, sortíem cada matí a pescar…

I quan ho va dir… ho va fer amb una barreja de melancolia i de tristesa que tots van imaginar que venia d'allà... d'allà on venia l'Olívia. Un passat desconegut que a tots ells se'ls dibuixava com una caixa plena de sorpreses. L'Olívia. La desconeguda de l'Olívia. La nova i imprevisible parella del Nis.

—Navegant és una crac! —va afanyar-se a contestar ràpidament el Nis.

—També navegues? —va preguntar el Max.

—Res, he fet un parell de cursos... M'he tret el títol de la menorquina i ja està. —I va afegir tota tímida—: Vaaa, Nis, no parlis de mi d'aquesta manera...

—Quèèè...? Però si és veritat!

La Mila va preferir mirar la seva filla que continuar amb la conversa ensucrada que no podia suportar.

Aleshores es va sentir una remor de rodes —derrapant, camí de ronda— i va aparèixer el Jon acompanyat d'un conductor que no coneixia ningú.

—Serà putes això d'arribar fins aquí dalt —remugava el Jon.

Es va apropar als amics amb un parell de pastissos. Va oferir-los al Nis. Petons, abraçades, copets a l'esquena...

—Us presento el meu company de viatge. És el Guillem, cuiner. Ei, es veu que fa uns pastissos de puta mare i me n'ha regalat un de gerds i llimona que té una pinta increïble...

—Celebrem alguna cosa? —va dir l'Olívia sense acabar d'entendre res.

Es va fer un silenci. Aleshores el Nis va apropar-se al Jon i va presentar-li l'Olívia.

—És l'Olívia. La meva nòvia.

El Jon es va mirar l'Olívia sense entendre res de res. Olívia? El Nis tenia una nova parella? Nòvia, havia dit? Però si ni tan sols havien passat cinc anys d'allò de la Paula. Cinc. I la Paula continuava viva. Morta en vida.

—Ah, hola —va respondre el Jon, i li va fer dos petons.

—Perdoneu si he dit això de la celebració, eh.

Tots hi van caure. Cinc anys. Cinc anys i poc temps després de l'accident de la Paula. El Max va arrufar una cella i va mirar indecís la seva dona. Altre cop un breu silenci.

—Així doncs... el teu amic cuiner també es quedarà amb nosaltres aquests dies?

El Jon va haver d'esmenar l'error.

—No, no. Ell i jo ens acabem de conèixer. M'ha portat fins aquí i ja està. Em deixa i ell continua la ruta, fins a Portbou.

—Però tu no tenies nòvio o alguna cosa així, tio? —el Nis.

—Ja, però no. Bé, de fet no vinc sol del tot. Vinc amb un gos... Nirvana! Vine cap aquí.

El gos amb la taca blanca i l'ull borni va saltar del cotxe. Es va apropar bordant i va anar cap a les cames del Jon. La Lluna es va aferrar a la mà de la seva mare, poruga.

—Espero que no hi hagi cap problema a tenir-lo uns dies per casa.

—Mentre no s'acosti i ens mossegui la nena... —va intervenir divertida la Mila.

—*Joder*, tia...

—Cap problema, Jon —va afegir el Nis—. A l'Olívia i a mi ens encanten els gossos. Oi, Olívia?

L'Olívia altra vegada va haver de respondre amb un somriure forçat. El Jon va tornar a mirar-la convencent-se, ara sí, de la presència de la noia estranya.

El Nis es va esforçar a dissipar els silencis.

—Vens sol, amb un gos, carregat de pastissos, arribes tres hores tard… Alguna cosa més que ens hagis d'explicar, Jon?

—Sí, m'estic pixant. I necessito urgentment una birra. On són les birres?

11

Mes de setembre. El Nis portava el timó de la barca amb una obstinació pròpia dels qui saben emprendre decisions valentes. La Paula es balancejava a la menorquina, fusionant-se amb la immensitat del blau. Al seu costat, la Mila i el Max xerraven amb inquietud de la primera *in vitro* que aviat tenien programada. El mes de setembre es convertia en la millor època de l'any per viure a Portlligat. Els turistes desapareixien i els carrers s'omplien de nous sons fins ara imperceptibles. Segons el Nis, l'aigua agafava una tonalitat nova que es reservava només per a la gent que s'hi quedava durant tot l'any. Com un regal de la natura, una barreja de verds, turqueses i blaus assimilables a qualsevol pintura de Rothko. No era gens estrany que tants pintors haguessin anat a parar durant dècades i més dècades a Cadaqués. El triangle Portlligat, Cadaqués i el cap de Creus es convertia en un paisatge aterridor, alhora oníric, més semblant a un somni que no pas a una realitat.

Ara la Paula era a la menorquina, amb el Nis al costat, la seva germana Mila i el Max contemplant la immensitat de l'aigua. Tenia els llavis plens de sorra i sal, i amb una mà es dedicava a acariciar l'aigua. El Nis la va mirar uns instants i li va llançar un petó a l'aire. La Paula, la seva estimada Paula, feia olor de ganes de viure, de nits estelades, de carícies sota els llençols, de paraules còmplices, de voluntat de passar-hi la vida.

—Anem a la cala del Crit? —va interrompre la Mila—. Què us sembla? Hi anem i ens banyem una estona?

El Nis va tirar l'àncora, plaf, i tots es van llançar a l'aigua.

Reien i xipollejaven.

La Mila es va treure la part de dalt del biquini i el Max se la va quedar mirant.

—I si fem un bebè aquí mateix, Mila? —va dir, somrient.

El Nis es va enfonsar a l'aigua i va tornar al cap d'un moment amb un eriçó de mar a les mans. El va obrir pel mig —«Pobre animal, Nis!»— i amb un tros d'alga va construir un anell improvisat que va oferir a la Paula.

—Això què és? —va riure ella—. M'estàs demanant que ens casem?

—Home, jo no he dit això.

—Ah, això vol dir que no et vols casar amb mi.

La Mila es va afegir divertida a la conversa.

—Ui, ui, ui, Max..., que em sembla que aquest dos acabaran discutint. Marxem?

—No! Quedeu-vos, sisplau! —deia la Paula a la seva germana.

El Nis va mirar la Paula amb ulls plens de guspires. A la Paula li encantaven, aquells ulls seductors que aconseguien sempre els seus propòsits. El Nis era encantador, quan volia. I un gran seductor. Tot i que sabia que de tant en tant també calia anar amb compte.

—D'acord, d'acord, tornem a començar —va dir el Nis, agafant altre cop l'anell improvisat d'eriçó i algues—. Paula, estimada Paula, amor meu, voldries casar-te amb mi?

—Ho dius de debò, Nis? Va, no fotis conya... —va contestar la Paula.

—Que no, que t'ho dic de debò, Paula. Per què no? La Mila i el Max en són testimonis.

La Paula es va posar a riure i va creuar una mirada amb la seva germana, atenta en tot moment al que estava succeint. Elles dues tan diferents: la Paula, tan humil, delicada, serena..., la Mila, tan controladora, exigent, atenta sempre als esdeveniments.

—A mi em sembla que una petició de matrimoni ha de ser d'una altra manera —va dir la Mila, tot somrient.

—A la merda les peticions de matrimoni convencionals. Ho dius de debò o no, Nis? Et vols casar amb mi?

—Que sí, Paula, *joder*.

—Doncs sí, és clar que sí. Vull viure amb tu... I casar-me amb tu. —Mirant als amics—: Ei, per què no? És clar que em vull casar amb tu, Nis!

La Paula, amb un vestit llarg vaporós i unes sandàlies amb vetes blanques i margarides grogues, va entrar somrient als jutjats. El Nis, vestit amb un trajo de lli de color blanc, li donava la mà somrient convençut que havia trobat la dona de la seva vida. De cop, va recordar la nit en què s'havien conegut en una festa organitzada per la Mila. Ella el va mirar amb ulls magnètics i li va dir: «Hola». Amb tan sols quatre lletres n'hi va haver prou. Prou per saber que era la dona de la seva vida i que voldria quedar-se per sempre al seu costat.

Va mirar al seu voltant i allà hi eren tots. El Jon, el millor amic de la Paula. La Mila, la germana bessona. El Max, sempre atent a les peticions constants de la Mila. El grup d'amics de la universitat que encara es creien joves, eterns i invencibles. La mort no formava part del catàleg de les seves vides.

Atemptats suïcides.

Accidents.

Immigrants ofegant-se.

Bombes en mercats.

Matances en una escola.

Morts per inanició.

Suïcides.

Res d'això formava part de cap dels seus mons. I encara menys la malaltia. Es podia estar mort en vida?

—Sí, vull —va dir la Paula amb el llavi superior tremolant com una fulla.

I es van fer un petó que no es volia acabar mai, com si tots dos sospitessin que el seu amor no era invencible, i que la vida, el destí, la mala sort, sovint creen cops d'efecte que poden resultar devastadors i imprevisibles.

12

El Nis va posar el turbot en una plata mentre escalfava el forn a dos-cents graus. Va afegir-hi un raig d'oli, una llimona partida pel mig, una mica de sal i…

—Em pots passar el vi blanc que tinc a la nevera, Jon?

El Jon, que ja havia endrapat unes quantes cerveses, li va passar l'ampolla de vi blanc.

—Fa segles que no menjo un peix com aquest.

—Segles?

—Anys —va emfatitzar—. Els últims peixos que m'he cruspit són els congelats de Pescanova.

El Nis se'l va mirar des d'una posició de certa altivesa.

—Ei, Jon..., la vida et va bé? Vull dir..., ara feia temps que no ens vèiem. La botiga de tatuatges, bé?

—Els tatuatges van tirant, gràcies. Tot i que tampoc no em faré d'or, amb això.

El Nis va pensar en el Jon i en els seus constants problemes econòmics. «Em pots deixar alguna cosa de pasta, Nis? T'ho tornaré, eh! D'aquí a un parell de mesos t'ho tornaré. Que sí, que ja saps que pots confiar en mi».

—I aquella novel·la? —va preguntar el Nis.

—Va, no fotis, tio.

—Què? No estaves escrivint una novel·la?

—D'això ja fa més de cinc anys. I no, no he aconseguit col·locar cap novel·la. En aquest món, si no ets conegut o parent d'algú...

—La Paula t'havia passat el telèfon d'un amic seu editor, no? I, espera, la Mila no va intentar donar-te el contacte d'un productor interessat en guions de gent sense experiència?

—Ei, em vols acabar d'enfonsar o què?

El Nis va veure com el Jon serrava la mandíbula.

—No. No vaig col·locar ni el guió, ni la

novel·la ni hòsties. De fet, ja ni tan sols escric. Faig tatuatges i amb prou feines em guanyo la vida.

El Nis es va escurar la gola.

—Però... necessites diners?

—No. Aquest cop no necessito els teus putos diners, d'acord?

—D'acord, d'acord, jo només t'ho deia per si podia ajudar.

El Nis va esmicolar un gra d'all amb un ganivet afilat. El va tallar en petites làmines, amb delicadesa, demostrant la seva habilitat com en tantes facetes de la vida. Es va rentar les mans —un dau de sabó, aigua fresca— i se les va eixugar al davantal japonès que anys enrere li havia regalat la Paula. A continuació, va ficar el peix al forn i es va deixar embolcallar d'una bafarada d'aire calent.

—Veig que tu, com sempre, t'ho muntes de puta mare.

—Què vols dir?

—L'Olívia. Es diu així, no? No sabia que tinguessis nòvia.

—Ah... —El Nis ni tan sols el va mirar—. No t'ho havia dit, la Mila?

—No...

—Doncs sí, sí —va improvisar el Nis, incòmode—. Bé, de fet l'hi vaig explicar fa molt poc temps. Ara t'ho havia de dir a tu.

—Però... —El Jon no sabia com dir-ho—: És seriós?

—Això nostre? Psí, crec que sí.

El Jon va fer un glop llarg de cervesa. El Nis va obrir la nevera, va agafar el pot d'olives i en va servir unes quantes en un bol. Trencades. Amb all i pebrot. Com a ell li agradaven.

—És guapa, oi?

—Sí, molt guapa —va afirmar el Jon—. I... —no sabia si volia saber-ho o no— com us heu conegut?

—A Barcelona. Res, al metro. La vida té aquestes coses. —Va riure—. Ens vam intercanviar els telèfons, la vaig convidar a sopar, i...

—Una mica massa ràpid, no?

—Com?

—Res.

Un silenci tens seguit d'un estossec. El Nis va fer un glop de cervesa.

—Creus que no hauria d'estar sortint amb l'Olívia?

—No, jo no he dit això.

—Però ho has insinuat.

—No sé el que he insinuat, Nis.

—No, si de veritat creus que no hauria d'estar amb l'Olívia, m'ho pots dir.

—No, no és això. Hi tens tot el dret, suposo...

—Suposes?

Mossegada d'oliva i copet a l'espatlla.

—Suposo, sí.

En paral·lel, la Mila era a la sala donant un puré de verdures a la petita Lluna, que obria la boca en forma de O. Recordava perfectament que l'havia triat la Paula, aquest bol. A una ceramista de Mallorca, amiga o coneguda del Nis. Ella sempre tan elegant, amb bon gust, amant de la restauració i de les petites coses. «Tot i que jo no soc com vosaltres, Mila, que tots sou tan creatius. A mi el que m'agrada és fer classe als nens. Tot i que de vegades us envejo. M'agradaria haver nascut amb el vostre talent. Sobretot el del Nis. Té un do molt especial amb la fotografia».

La Lluna va obrir la boca i la Mila va engaltar-li una cullerada de puré. Carbassó, ceba, patata i pollastre. Tal com havia dit el pediatre. No fos cas que la nena perdés pes o no cresqués per sobre de la puntuació establerta. A l'escola era la més baixeta de la classe. I en el parlar també anava una mica endarrerida. «Només una mica», li havia dit el Max amb un fil de veu. Però què en sabia, ell, de l'evolució de la Lluna si es passava el dia parlant de maleïdes màquines de cafè?

Va clavar una llambregada al seu voltant. El quadre del pintor japonès que havien comprat el Nis i la Paula, les flors seques que encara quedaven de la Paula, les fotografies despenjades amb claus i més claus a la paret. Semblava un cementiri, va pensar. La seva germana. «És pertot arreu i alhora no és enlloc». Es preguntava què en pensaria la Paula si ara fos aquí i els pogués veure.

La va assaltar un dubte: per què no l'havien convidada?

—Molesto? —la va interrompre l'Olívia.

La Mila se la va mirar de fit a fit. Somriure entre tímid i angelical, tempesta de pigues, cara de no haver trencat ni un sol plat.

—No —es va esforçar a contestar la Mila.

L'Olívia es va asseure al costat, tocant cap a la punta del sofà, mantenint prudencialment la distància.

—Oh, gràcies, tens una nena molt bonica.

—Sí, ho és.

Cullerada de verdura precedida de silencis. La Mila no volia quedar-se a soles amb l'Olívia. No ho volia. No, encara.

—I el nom de Lluna?

—T'agrada?

—Molt.

—Vam pensar que no hi ha res que sigui més bonic al món —dissimulant els nervis—. Oi que sí, Lluna, bonica?

La Mila va agafar un conte d'animals i en va començar a assenyalar les pàgines. Ara un lleó, ara un elefant, ara un dinosaure que obria la boca.

—A mi algun dia també penso que m'agradaria tenir fills.

La Mila va sentir una esgarrifança. Fills. La

Paula no en volia, de fills. Ja en tenia prou amb els «meus nens de l'escola», que li ocupaven tot el dia. Volien viure així, lliures, sense lligams. I ara venia l'Olívia, la desconeguda de l'Olívia, i li engaltava que volia tenir fills. Altre cop va formular un somriure.

—No ets una mica jove per plantejar-te això de tenir fills?

—Sí, potser sí —va contestar l'Olívia—. Però no he dit que els vulgui tenir ara, eh. He dit que potser algun dia...

—Quants anys tens, Olívia?

—Vint-i-sis.

—Vint-i-sis. Em pensava que eres més jove.

—No. I tu?

—Trenta-nou —va respondre la Mila.

—Vaja, doncs jo també hauria dit que eres més jove.

—Gràcies.

Totes dues van somriure. Artifici. Hi va haver un silenci llarg. La Mila va mirar un clau de la paret on mesos enrere hi havia la fotografia de la Paula nua. Cos esvelt, pits voluptuosos, malucs amples... Germanes bessones i tan diferents alhora. La mare els ho deia sovint. Us assembleu com un ou a una castanya, vosaltres dues. La Mila havia heretat l'aspecte del pare, petita i rodanxona. Això sí, amb la determinació i la valentia de la mare, sempre tan convincent amb tots els seus propòsits. La Paula, en canvi, havia heretat la bellesa de la mare però la discreció i la senzillesa que caracteritzaven el pare. Semblava que no volgués molestar mai, la seva germana. En la loteria de la vida, la Mila hauria desitjat obtenir la combinació oposada.

—I així... tu i el Nis ja esteu vivint junts? —va preguntar forçadament la Mila.

—Sí —va contestar l'Olívia.

Amb ganes d'apropar-se a la Mila:

—Bé, només fa un parell de setmanes.

—Ah, molt bé —es va esforçar a dir la Mila—. Coses que passen...

La Lluna es va acabar l'última cullerada i la Mila li va eixugar els llavis. Aleshores l'Olívia —«Què faig amb les mans? Quin tema trec de conversa?»— va estirar els braços i va agafar la petita Lluna.

—A veure si peses gaire, bonica —li va dir, tot prenent-la amb cura.

La Lluna es va deixar agafar com si fos una nina de goma. De mà en mà, de braços en braços, de família en família, de «Mira un moment la càmera, bonica, que et farem una fotografia». Vist des de la perspectiva de la Mila, semblaven dues persones que es coneguessin des de feia temps. «Temps». No. La Mila no estava disposada a tolerar-ho.

—A veure si saps què tinc amagat aquí dins —li va dir l'Olívia, jugant amb una moneda que s'havia amagat en una mà.

La Mila va serrar les dents. La Lluna, la seva filla Lluna, en braços d'una desconeguda, en braços d'una persona que havia conegut feia tan sols uns minuts... Per què la molestava tant, aquesta imatge? Va deixar la cullera al bol i, sense voler, va fer una esquitxada que va tacar la taula de fusta. Merda.

Aleshores es va alçar en un gest brusc —«Vine cap aquí, Lluna, bonica»— i li va treure la nena, «la meva nena», dels braços. L'Olívia es va mirar la Mila amb un rictus de desconcert.

—Perdona si he fet res que et pogués molestar.

—Volíem anar a la piscina, oi, Lluna? —I sense esperar resposta encara va afegir—: Ja ens veurem per allà.

13

Estovalles de fil. Plats de la Bisbal. Copes de vi blanc. Un grup d'antics amics asseguts al voltant d'una taula. El Nis va fer els honors i es va disposar a servir el peix. «Això és turbot, Nis?». Va enfonsar el ganivet a la carn i va deixar que llisqués fins a fer-ne un tall nítid a l'altura del coll. Al costat, un parell de bols d'amanides, un bol fins dalt ple de musclos i un cubell ple de gel amb un parell d'ampolles més de vi blanc. «Comencem?».

—Això fa una bona pinta increïble —el Max, sempre intentant crear un bon ambient.

La Mila desviava la mirada constantment cap al sofà on ara dormia la Lluna. La seva nena, el seu món, objectiu acomplert. Què més podia demanar a la vida? El Nis va servir el primer tros de peix a l'Olívia —«T'agrada aquest, carinyo?»— sota l'atenta mirada de tothom. La Mila i el Jon van creuar una mirada. Ella va negar lleugerament amb el cap i ell va arrufar la cella esquerra. Comentaris per despistar: «Quina olor, fa bona pinta, i aquesta salseta…». Un altre tros per a la Mila, un altre per al Max, un altre per al Jon… i finalment un últim tall per al Nis. «Va, que jo em quedo la cua».

(Sota la taula, l'Olívia va encreuar les cames i sense voler va clavar una puntada de peu al Jon. Ella va esbossar un «perdona» i ell va dir un «no passa res». El Max mirava de reüll la seva dona, que sense voler no parava de moure el peu dret. Boques mastegant, estossecs a deshora, una engruna de pa caient a càmera lenta i…).

Minuts més tard:

—I què? Així, us vindria de gust sortir a fer un volt aquesta tarda amb la barca?

—Tornes a tenir barca, Nis? —va preguntar el Max.

—Sí, per fi l'he arreglat. L'Olívia m'ha estat ajudant. No ho diries mai, però és una manetes.

L'Olívia va somriure i es va dedicar a engolir un tros de peix. El va esmicolar amb parsimònia i se'l va empassar tràquea avall amb l'ajuda d'un bon glop de vi blanc. Afruitat, diria. Tal com el Nis li havia ensenyat. Quan es van conèixer, ella no en sabia res, de vins. Amb els seus amics de la universitat anaven al McDonald's, i s'emborratxaven amb litres de vi barat de supermercat. Què n'havia de saber, ella, de vins? Des que estava amb el Nis va aprendre a coneixe'n el nom, afruitats o secs, amb tocs de panses, o de canyella, o de nabius... «No els sé trobar, Nis, els nabius». I el Nis se'n reia, i li mostrava com fer-ho, i com calia olorar el vi, glopejar-lo, degustar-lo, deixar que s'estengués pel paladar. Es preguntava si el pare i la mare en sabien, de vins.

—Ho sabeu, que a més d'una manetes l'Olívia està fent el treball de final de carrera d'Història de l'art?

—Vaja, que interessant —va formular la Mila en un to irònic. El Max li va clavar una discreta puntada de peu.

—Va sobre l'*street art*, oi, Olívia? Explica-ho tu, carinyo —va dir-li el Nis.

Totes les mirades es van centrar en l'Olívia. Ella gairebé es va ennuegar i va estossegar tres vegades. Però es va esforçar a somriure i mantenir una conversa.

—Res... Intento fer un treball parlant d'això: l'art del carrer.

—Grafits?

—Bé, no són exactament grafits. O en tot cas no tots els grafits són art. Quan diem art em refereixo al fet que la pintura ha de tenir uns certs criteris estètics.

—Quatre guixades sobre una paret són art? Pregunto, eh —el Max, sempre tan eloqüent.

—Vols dir que has de menjar tants musclos, carinyo? —va interrompre la Mila el seu marit.

El Max subjectava un musclo que es va veure obligat a tornar al bol.

—La meva dona, que em manté a dieta —va afegir, mig per justificar-se.

Tots van riure. La Mila va veure la taca de carmí a la seva copa de vi blanc. La va eixugar amb el tovalló.

—Perdoneu, eh, de què parlàvem? —es va excusar.

—*Street art*. I sí, evidentment que és art, Max —va afegir el Jon—. Això és com els tatuatges. Hi ha determinats dissenys que poden acabar sent una autèntica obra d'art.

—Hi estic d'acord —va formular l'Olívia, entrant en una mena de complicitat amb el Jon.

—Però no deixa de ser un art prohibit, no? —el Max, altre cop, argumentant amb senzillesa.

—I què? És un art efímer, sí. Però no per això deixa de ser art. La gent el veu, el gaudeix, sent un impacte... Alguna cosa es remou dintre seu.

—Encara que després vingui la policia i els persegueixi?

—Max, no siguis tan simple —la Mila.

El Nis es va apressar a canviar els plats. «Qui vol amanida?».

—Ja. I quan acabis el treball aquest, què penses fer?

—Bé, no ho tinc gaire clar, encara.

—Quin misteri... tots estem igual —el Jon.

—Tot i que potser m'agradaria fer un màster.

—Ah, sí? —va dir el Nis, desconeixent una part de la vida de la seva companya.

—Quan jo tenia vint anys també havia de ser un guionista de primera —va interrompre el Jon.

—No me la desmoralitzis, Jon —va dir el Nis.

—No passa res —l'Olívia.

—Què? S'ha de dir la veritat. Quan tens vint anys et creus que et menges el món. Que n'ets el puto amo. Que faràs màsters, cursos i el que sigui i que tindràs feines de l'hòstia.

—No parlis així davant de la nena, Jon —la Mila.

—Però si està dormint. A més, parlo com em surt dels collons.

—D'acord, d'acord.

Somriures entretallats. Mirades de complicitat. El Max mirant-se insistentment els musclos.

—Doncs això, que si acabes fent el que tu vols et faré *la ola*. A mi la gent que va en línia recta em té molt flipat.

—Ei, que no ens ha anat tan malament, a nosaltres —va argumentar el Nis.

«No ens ha anat tan malament». Silencis. La

Paula planava sobre la taula. L'accident. La tragèdia. La incapacitat de tirar endavant. «Com s'atreveix a dir que no ens ha anat tan malament?», va pensar el Jon. Però no era moment de tirar-li res en cara. I menys davant de tothom. Ara no. El Nis va continuar la seva argumentació impostada.

—A veure, sense anar més lluny, fixeu-vos en la Mila. Productora executiva de sèries. No està gens malament, oi?

—És veritat. Fas una feina molt interessant, Mila —va apressar-se a dir l'Olívia.

—Gràcies —va respondre secament la Mila.

—El Max. El seu somni sempre ha estat muntar la millor cafeteria de Barcelona i ho ha aconseguit. I aquí el teniu.

—Bé, no és exactament com dius. Jo de fet volia ser advocat. Era advocat. Però, vaja, la vida m'ha anat així. I no em queixo pas, eh? M'ho passo bé a la cafeteria. Els cafès... —no trobava la paraula— molen.

—Tu no sempre estàs content —la Mila al seu marit. Ganivetada. Zas.

—I tu, Jon, sempre has estat un creatiu. Escrius. O escrivies.

—Que no escric, collons, que no escric…

—Però tornaràs a escriure. I a part d'escriure sap dibuixar. Hauries de veure els tatuatges que fa, Olívia. Aquest és l'autèntic artista de la colla.

—No ho pintis tan bé, que les he passat putes —va dir el Jon, començant a estar mosca amb el seu amic Nis.

—Va, no n'hi ha per a tant… Però si t'has sabut reinventar.

—Tu no saps el que és la crisi, oi, Nis? No, ni idea. Tu no en tens ni idea, de tot això. Vius al marge del món...

Petit silenci tens. La Mila va sortir en defensa de l'amic.

—El Jon té raó. Sembla que no sàpigues que ha existit una crisi, tio. El Jon l'ha patit. I molta gent del meu sector també.

Un silenci encara més tens.

—D'acord, d'acord. L'únic que volia dir… és que el Jon té sort d'haver-se pogut reinventar. El que volia era fer-li un elogi —dirigint-se al Jon—: A més, trobo que fas uns tatuatges collonuts. Ja està. Només volia dir això.

Repic de coberts i trossos de peix mastegant-se…

—I tu em faries un tatuatge? —va preguntar l'Olívia, interessant-se en excés pel Jon.

—Sí… —va afirmar el Jon—. Si vols, pots venir algun dia al meu local de Barcelona.

—Fet —va somriure l'Olívia—. M'ensenyaràs tots els teus dissenys?

El Jon va agafar el mòbil i li va mostrar les fotografies d'alguns dels seus dissenys. Ambient distès. Les imatges els abocaven a una realitat aliena. Una àncora, un cor, una calavera, uns ossos, tres formigues, dos clavells, un dimoni. La Mila es mirava el mòbil de reüll atenta a si rebia algun missatge esperat. El Max somreia amb la boca oberta, mentre alabava els dissenys del Jon. El Nis, satisfet del grau improvisat que agafava la conversa, omplia més copes de vi.

—I tu? No en tens cap? —va preguntar l'Olívia al Jon.

—Sí, en tinc un… al braç.

—Me'l pots ensenyar?

Es va fer un silenci curt. El Jon va mirar el Nis, que alhora es va alçar de taula i va començar a recollir els plats. La Mila va moure compulsivament la cama dreta i va creuar una mirada amb el Max. Aleshores el Jon es va arromangar i va deixar entreveure un 9 resseguit en tinta negra.

—Oh —va dir l'Olívia, expectant—. El número 9.

Tots ells van mirar el braç del Jon.

—És el meu número de la sort. I si el girem, és una P de Paula.

El Nis va agafar els plats fent muntanya i va fugir cap a la cuina. L'Olívia, la jove Olívia, la nouvinguda Olívia, va reprendre la conversa.

—Oh, Jon. Em sembla bonic. Molt bonic. Així la recordaràs sempre.

—No està morta —va interrompre la Mila amb la veu escapçada.

—No, és clar que no... Jo no he dit això —l'Olívia.

El Nis va tornar de la cuina amb el pastís de llima i gerds.

—Mireu què ha portat el Jon —va dir-los a tots, estirant la veta que embolicava el pastís—. Fa una pinta boníssima, oi que sí?

El Nis va enfonsar el ganivet al pastís i la

melmelada de gerds va esquitxar lleugerament les estovalles. El Jon va pensar en l'accident i en la sang brollant del cos de la Paula. Cap, extremitats, estómac…, un fil de sang travessant-li la cara i empastifant l'asfalt.

—Vinga, qui en vol un tros…? —el Nis, omplint el temps i els silencis.

—En guardem un tall per a la Lluna?

14

Finals de març. Fred a les sabates. El Nis contemplava la Paula, la seva estimada Paula, la dona que havia estimat més en tota la seva vida, durant hores i hores a l'hospital. Portava una mascareta al rostre i l'envoltaven gases i tubs. Era bonica. Semblava que simplement dormís, tranquil·la, capbussada en un somni agradable del qual no tenia cap intenció de despertar-se... Qui sap què devia somniar la Paula. El Nis li passava els llavis per les parpelles de color porpra desitjant que en qualsevol moment es despertés. Però, tot i això, continuava immòbil. «Va, Paula, desperta. Soc aquí, el Nis... Soc al teu costat... Saps que ens tens a tots una mica preocupats, bonica?».

Des de feia dies, setmanes, es coneixia de memòria tots els racons d'aquella habitació. L'esquerda a la paret en forma de sargantana, la cadira de plàstic a la qual li ballava la pota esquerra, el gerro amb tulipes grogues i fúcsies, el paquet amb mocadors que desprenien olor de lavanda. I també el doctor Marco, que recentment havia estrenat ulleres noves, la infermera Carme, amb una veu greu i mans clivellades, el fisioterapeuta de cabells relligats que li parlava sempre dels Rolling Stones. Gent i més gent que desfilava per l'habitació a totes hores atenent-la, parlant-li, fent-li massatges als peus, rentant-li la cara, eixugant-li les gotetes de suor al front, i inclinant-lo cap a la convicció d'entendre que mai més —Els metges no s'equivocaven?—, mai més tornaria a ser la Paula.

Fins ara, la seva dona i ell havien dut una vida lliure d'obligacions i de rutines. Viatjaven sovint, s'instal·laven les temporades d'estiu a Portlligat, navegaven gairebé cada cap de setmana. Imaginar-se la vida amb la Paula era imaginar-se uns peus recolzats en una barca de fusta amb un mar verd turquesa de fons. O imaginar-se una migdiada abraçats a l'hamaca del porxo. O agafant la moto i arribant-se fins a Cadaqués. «Fem una cerveseta al Blau i després anem a comprar una tonyina? O prefereixes que anem a La Sal i fem un arròs caldós amb llamàntol?».

El mar, el seu blau... es preguntava si algun dia podrien tornar a gaudir-ne.

El doctor Marco va entrar a l'habitació amb uns informes a la mà i mossegant-se els llavis. Es va escurar el coll i el va mirar amb condescendència.

(Un silenci curt, clàxons de cotxes, passes intermitents de la infermera Carme).

A continuació, va agafar els informes i va recolzar una mà sobre el peu esquerre de la Paula, que no es va desplaçar ni un sol mil·límetre.

—Ja tenim els resultats de les proves —va sentenciar el doctor Marco amb veu ferma i contundent—. Em sap greu. No tinc gaires bones notícies.

Tot plegat va ser molt breu.

Tetraplegia.

La Paula no es podria moure.

Ni braços, ni mans, ni peus... cap moviment a les extremitats.

Tenia la columna partida en dues meitats —dos blocs, dues Paules— que mai més podrien tornar a unir-se.

El Nis va pensar en els massatges que li feia als peus mentre estaven estirats al sofà i miraven pel·lícules. A ella li agradaven. «Però amb mitjons, Nis, que em fas pessigolles. T'importa pujar més amunt? Cap a la punta dels dits? Més a la dreta, Nis». I reien, i el Nis li feia pessigolles, i miraven pel·lícules que no s'acabaven mai. Perquè mai més sentiria pessigolles, es va dir el Nis, ni tacte a les cames o a les mans. Les mans de la Paula. Menudes i delicades. Mans d'agafar nens a coll, de canviar bolquers a l'escola bressol, d'agafar dacs per pintar o de retallar la silueta d'un cor o d'una sabata, de «Pren aquesta peça de Lego i col·loca-la damunt de l'altra, Martina. Vinga, un altre cop, i ara ens n'anem tots al pati i ens rentem les mans...». Les mans. «A partir d'ara no li servirien per a res», va pensar. I encara menys per acaronar-li els cabells, ni per fer-li petons, ni dir-li: «Va, anem al llit». O «una mica més amunt, Nis.

Així m'agrada molt». De cop, va sentir un calfred en pensar que mai més podria fer l'amor a la Paula. L'amor. Una paraula que quedava suspesa a l'aire durant un període indefinit de temps. Un parèntesi. Una eternitat?

La va mirar un instant i va sentir la necessitat de fugir ben lluny.

Tot i així, es va recolzar al llit —barres metàl·liques, punxants, gelades— i es va quedar mirant el doctor Marco.

—Mai més podrà tornar a caminar? —va preguntar amb un fil de veu.

—No.

Una bola de fel li va pujar per la tràquea.

—N'està segur?

—Segur del tot.

Aleshores la Paula va obrir els ulls.

15

—Em sembla que no caic gaire bé als teus amics —va pronunciar l'Olívia amb la galta enfonsada al coixí de plomes d'ànec.

S'havien traslladat a l'habitació per fer la migdiada. Un llit gran amb un llençol blanc rebregat, un penjador amb un barret de palla, una catifa vermellosa al terra i cap fotografia damunt la tauleta de nit. L'absència.

—No sé per què ho dius —va despistar el Nis.

—La Mila... abans s'ha posat nerviosa quan li he parlat de la Paula.

—Abans li has parlat de la Paula?

—Sí. Només un moment.

El Nis es va encendre un cigarret i es va

quedar mirant el sostre. Cap esquerda. A continuació es va mirar l'Olívia.

—Vaja... La Mila és la seva germana. Potser encara li costa.

—I a tu et costa, Nis?

Calada llarga i fum sortint lentament pel nas.

—Em costa, el què?

—Ja ho saps. La Paula. Cap de vosaltres en parleu, però sembla que estigui present en tot moment.

El Nis es va quedar pensant en les paraules de l'Olívia.

—La Paula era —rectifica a l'instant—, és molt estimada per tots.

—Ja... —va mussitar l'Olívia.

—Ja, què?

—Res. Suposo que la Paula... és insubstituïble —va dir, enfonsant el cap al coixí i fingint voler adormir-se.

Hi va haver un silenci curt com si el Nis estigués a punt de dir alguna cosa però al final preferís no dir res. L'Olívia, estirada al seu costat —samarreta curta, calcetes blanques— va jugar a endevinar el que al Nis li passava pel cap i volia amagar-li. Feia poc temps que es coneixien però ja havia après a detectar els silencis cada cop que apareixia un tema delicat. I aquest tema tenia a veure amb la Paula, el passat del Nis, aquells anys compartits amb una dona a qui s'estimava, però de qui en cap moment s'atrevia a parlar. D'altra banda, l'Olívia era l'element estrany, inquietant, la peça que no encaixava al trencaclosques. Sovint es preguntava si tots ells —començant pel Nis— estaven jugant amb ella simplement per provar d'amagar els seus conflictes. «És més fàcil desviar la vista als altres que no pas haver de fer front a les pròpies pors», va pensar l'Olívia. «Soc simplement una via escapatòria a les seves converses», va pensar. O potser hauria de dir a les seves no-converses.

Els Nis va acaronar-li el serrell que feia olor de mango i de tronc d'arbre. Li va resseguir les pigues de la pell com si les contemplés per primera vegada. «M'agraden molt les teves pigues, Olívia. És com si en algun moment hi hagués hagut un meteorit, o encara millor, un Big Bang, un enorme Big Bang que hagués donat peu a milers i milers de planetes». Aleshores li resseguia amb el dit índex les pigues com si hi descobrís un nou camí. «Aquí hi veig una T. I una N de Nis, i una O d'Olívia... I aquí...». L'Olívia es preguntava si algun cop hi devia haver descobert una P de Paula.

—La Paula va ser molt important per a mi i me l'estimaré sempre —va formular el Nis, volent donar una explicació convincent a l'Olívia—. Però és una altra manera d'estimar. Me l'estimo... com a una gran amiga. No puc oblidar tots els anys que hem viscut junts —i encara va afegir—: Tu ara ets el meu gran amor.

Ella el va mirar i va somriure. Necessitava aquestes paraules. Les necessitava.

—De debò que soc el teu gran amor?

—Sí. —I encara va afegir—: Ets l'amor de la meva vida, Olívia.

El Nis la va agafar pel clatell i li va fer un petó suau als llavis amb gust de saliva i vi blanc. L'Olívia es va encendre. Aleshores el Nis va acariciar-li l'espatlla, va anar a parar al coll i li va abaixar suaument la tira de la samarreta.

Les seves mans van anar a buscar un pit.

El va acariciar.

—T'agrada? —li va preguntar, pessigant-li el mugró esquerre.

L'Olívia va somriure i li va fer un petó. El Nis l'excitava. Les seves mans d'home, els seus dits, la manera com li parlava. Va incorporar-se un instant i va acabar de treure's la samarreta. Tenia uns pits menuts i perfectament ben col·locats, amb el mugró de color xocolata, sortint en forma de punxa, apuntant-lo als ulls. Després es va treure les calcetes i es va quedar nua davant seu.

El Nis se la va quedar mirant. Cos blanc, ple de pigues, pits turgents... L'Olívia li besava els llavis i va fer-li una petita mossegada allà on abans ell l'havia besat. El Nis va notar l'erecció. L'Olívia era un cos viu, juganer, ple de petits racons que es convertien ara en cales misterioses.

Aleshores la va agafar pels malucs i va buscar la seva boca. Es va incorporar i va fer-li l'amor.

16

La Mila dormia vestida. Tenia els llavis entreoberts i respirava lentament, deixant-se endur per un possible somni. El mòbil —l'inseparable mòbil, del qual no es desprenia mai— reposava de cap per avall damunt la tauleta de nit. El Max feia estona que observava com la seva dona dormia. Caixa toràcica inflant-se, respiració intermitent, fil de baba penjant de la boca. Una imatge de quotidianitat inalterable de parella a la qual darrerament estava tan acostumat. El Jon li havia proposat quedar-se amb la Lluna jugant al porxo l'estona que calgués mentre ells feien la migdiada. «Sou tots uns apalancats que teniu vides sedentàries», els deia sovint el Jon. «D'aquí a poc en fotrem quaranta. Mitja vida. La meitat de l'equador. I mireu-vos tots. Foteu fàstic. Tot i que l'últim que hauria de parlar aquí soc jo. Almenys vosaltres teniu les vides resoltes i jo encara no sé on collons caure mort». El Max pensava tot això mentre sentia respirar amb força la seva dona. Una cama aquí i una altra allà, respiració sincopada, deixant-se endur per somnis dels quals segur que ell no formava part... Pensava que hi havia pocs moments —aquest n'era un?— en què la seva dona pogués descansar, alliberar-se de les obligacions diàries, deixar-se portar. Des de feia anys, ja no sabia el que era riure i passar-s'ho bé amb ella. Sempre enganxada al mòbil, resolent problemes a la feina, amb el seu to de veu esverat, controlador, marcant sentències. I després hi havia la medicació que havia començat a prendre des que havia passat tot allò de la Paula.

«Allò».

—El metge em diu que tinc ansietat —li havia dit la Mila, l'endemà de tornar de l'hospital—. Em diuen que hauria d'anar al psicòleg. Tu creus? Jo, al psicòleg. I tot per una mica de nervis i prou. «No estiguis tan estressada», m'ha dit el burro del metge del CAP. Com si això d'estar estressat es pogués triar. «No estiguis estressada».

A partir d'aquell moment la Mila va decidir començar a automedicar-se. «Això sí, de manera natural perquè dono el pit i no puc traspassar tota aquesta merda de química a la nena». I va començar a visitar les parafarmàcies, i els herbolaris del barri, i les receptes especialitzades de les Flors de Bach, i els banys de camamilla i àloe vera, i les píndoles amb gust d'herbes per als nervis... I els llibres a la prestatgeria anaven creixent amb títols diversos i cada cop més complicats. *Dietes naturals per combatre l'ansietat*, *Remeis casolans*, *La medicina de tota la vida*. El Max l'observava des de la distància mentre tenia la sensació d'anar-la perdent a poc a poc. I es mentia a si mateix quan es deia que senzillament estaven passant per una època complicada. I que l'anirien superant com fins ara ho havien superat tot. Les *in vitros*, els problemes econòmics, les èpoques de menys feina... la Paula... la innombrable Paula.

El Max va sentir l'impuls d'acaronar la pell de la seva dona i sentir-la a prop un instant.

Quants mesos feia que no feien l'amor? Gairebé un any? Des que la Lluna havia arribat els havia omplert de felicitat, sí, però també havia creat una escissió entre la parella. Una escissió sobre un precipici que prèviament havia aparegut des de l'accident de la Paula. Allò ho va partir tot pel mig, va pensar el Max. Però ara... intentava recordar l'amor immens que sentia per la Mila i va pensar que «no, no, no, res al món ens podrà separar». Va acariciar-li la pell i va aparèixer a un terrat de Barcelona. Nit de Sant Joan. Garnaldes i focs artificials. Somriures i cava. Allà es van conèixer per primera vegada i diria que tots dos es van enamorar.

En què s'havien convertit ara?

Va petonejar el coll de la seva dona amb tota la suavitat possible.

Res. Cap moviment.

Un petit ronc.

—Ei, soc aquí... Ara que la Lluna dorm, fem alguna coseta, amor?

Res. Cap moviment.

La cama dreta desplaçant-se. Finalment, un:

—Ara no, Max.

La Mila va girar el cap a l'altra banda i va continuar dormint.

El Max, decebut, va arribar a la conclusió que si continuava per aquest camí tan sols aconseguiria frustrar-se. Així que «val més deixar-ho estar», es va dir. I encara va afegir: «Necessita temps. Deu estar estressada. Potser quan algun dia deixi de donar el pit…».

Es va calçar i va sortir sense fer soroll.

Clac de la porta.

L'habitació es va quedar en silenci.

Aleshores la Mila va obrir els ulls i va canviar el ritme de la respiració.

Va agafar el mòbil.

Va buscar-hi urgentment un contacte i…

Es va abaixar les calcetes i es va masturbar.

17

El Jon i la petita Lluna seien a la vora del mar. Sense sabates, els peus sucant a l'aigua, petits còdols sota els palmells de les mans. El Nirvana corria per allà i de tant en tant els venia a llepar el braç per després tornar-se a ficar a l'aigua. El Jon es va treure un pèl humit de gos enganxat al braç i va pensar en el Pol i la seva història inacabada. Darrerament en tenia massa, d'històries incompletes. Nois amb qui conviure durant un temps, estimar-se, ser-hi infidel i al cap d'un temps marxar lluny, ben lluny. Es preguntava si algun dia arribaria a crear un vincle prou profund com ara tenir un fill a qui cuidar, com la petita Lluna.

Acaronava els cabells filosos de la nena

mentre creixia dintre seu el desig de tenir un fill. Admirava la Mila i la seva determinació constant en tot el que es proposava. Els amics que assumien responsabilitats, que creixien i es feien grans, que adquirien feines i contractes indefinits, sous importants, parelles per a tota la vida, gent a qui estimar i de qui preocupar-se. Ell no, ell n'era incapaç, o se sentia incapaç de completar i tirar endavant la seva història.

Va agafar una pedra i la va llençar amb força al mar. Un, dos, tres... va desaparèixer. La Lluna se'l mirava amb les pupil·les afilades.

Clotet a la barbeta.

Com la Mila.

I també com la Paula.

Un clotet on s'amagava un misteriós tresor.

—Explica'm una història, padrí Jon.

Aleshores el Jon, convençut que ningú el sentiria —només la Lluna i ell, el mar com a testimoni—, va començar a improvisar una història sobre...

—Sobre què et ve de gust que sigui la història, Lluna?

—Que sigui divertida.

—No t'agraden les històries tristes, oi?

—No.

—D'acord. I vols que hi aparegui... una sirena?

—Sí, amb una cua i unes ales.

—Una sirena amb ales, també? Oh, m'agrada molt. I de quin color vols que siguin les ales? Violetes?

La Lluna va assentir somrient.

—I grogues.

Aleshores el Jon, fruint de la llibertat que li imposava el moment, va començar a inventar una història —«Deixa't portar, Jon, fora crisis internes, fora inseguretats, tu pots, tu pots, tu pots»— sobre una sirena amb ales que a les nits de lluna plena sortia a volar.

—Des de dalt del cel albirava ciutats, i pobles, i mars, i podia observar nenes i nens preciosos.

—I també es va fer amiga de la lluna plena.

—De la lluna? Que bonic. I de qui més? De l'arc de Sant Martí?

La nena somreia i el Jon pensava que aquest era un dels moments més deliciosos i irrepetibles del món. Inventar-se històries, boniques històries, vencent la por, la por del fracàs, aquella enemiga constant que l'acompanyava sempre, amb la seva fillola al costat, el més semblant al que podria considerar-se una filla.

—I la Sirena volava i volava i quan...

De cop, la veu del Max els va interrompre.

—Sisplau, continua, Jon. És una història molt bonica.

I el Jon va pensar que el Max no era com els seus amics —triomfadors, altius, plens de misteris—, i sí, després d'una pausa breu, va decidir continuar.

—La Sirena va anar volant cel amunt, ben amunt, i...

Silenci.

Cap ple de petits insectes.

No va saber què dir.

El Max va tenir la sensació, la lleugera sensació, que molestava. Darrerament molestava a tothom?

La Lluna es va quedar mirant el seu padrí i va fer una ganyota que indicava queixa. Que més li pot passar a la nostra Sirena, padrí Jon?

Ment en blanc.

El Jon no tenia respostes.

18

La Paula feia un any que estava postrada en un llit en un pis de Barcelona. Es tractava d'un pis de la família del Nis. Un de tants pisos de la família del Nis, dispersats per tota la ciutat. Amb una gran sala, una habitació de matrimoni, una altra habitació convertida en estudi i una glorieta d'estil modernista que donava a un carrer sorollós i transitat. S'hi passava hores, allà, instal·lada. Asseguda a la cadira de rodes i amb el cap penjant —lleugerament penjant cap a l'esquerra, sí—, mirant tot el que passava al seu voltant. Per a ella, aquella petita glorieta s'havia convertit en un aparador des del qual podia veure el món. Un món exterior al seu, llunyà, que veia a través dels vidres entelats i amb gotes de pluja enganxades a la finestra. Des d'allà dalt, com si fos una torre de guaita, albirava la botiga de queviures de la cantonada, sempre amb el cartell verd de pissarra on hi havia alguna frase divertida que havia anotat el botiguer. «No em toqueu els ous». O bé la perruqueria del costat, tan freqüentada per senyores repentinades del barri, i el restaurant japonès que feia poc que acabaven d'inaugurar, i encara més amunt la botiga dels xinesos, plena d'articles que si pogués compraria per als seus nens de l'escola; que si ara uns retoladors, i unes cartolines de colors, i unes tisores petites, d'aquestes que no tallen, perquè no es facin mal als dits, els nens, pobrets, que la vida sovint dona algunes sorpreses...

En més d'una ocasió, el Nis li havia proposat que es traslladessin a viure a Portlligat perquè ella pogués estar a prop del mar.

—Si cal, hi farem obres —deia el Nis—. Traurem les escales i hi posarem una rampa.

—Una rampa no servirà per a res —deia la Paula, amb la mirada serena—. Hi ha massa desnivell. Que no ho veus, que allà no s'hi pot posar cap rampa?

—Doncs un ascensor —continuava el Nis—. El que sigui, però que almenys puguis estar una mica a prop del mar.

—Aquí hi estic bé —assegurava la Paula, esforçant-se tant com podia a complaure'l—. Tot és a peu pla. A més, tinc la glorieta.

I allà hi continuava, dia rere dia, setmana rere setmana, mes rere mes, un temps que es tornava agònic, letàrgic, com un preludi del que acabaria sent la mort. La Paula, tan amant de la vida i els petits moments, del mar, la sorra, els amics, les converses, ara començava a sentir que el seu món s'esfondrava. I ho feia arrossegant-ho tot pendent avall, riu avall, el Nis, l'indecís del Nis, el vulnerable del Nis, la germana, els amics... Un riu de lava que ho cremava tot i ho convertia en rostolls.

—Qualsevol cosa que necessitis m'ho dius, d'acord? —li deia sempre el Nis amb un somriure als llavis—. Demanes a la infermera Carme que em truqui i al cap de deu minuts soc aquí.

I ella somreia agraïda i li deia que «sí, sí».

Però en fer-li un petó de «fins després» el Nis ja no la mirava com la seva dona, sinó com una malalta que calia cuidar, una llosa, un pes feixuc i voluminós que a poc a poc li anava xuclant l'energia.

«Fins quan aguantaré?», es preguntava.

I:

«Com puc tornar-me a enamorar de la Paula?».

Sovint es quedava fins tard a l'estudi acabant de retocar fotografies per allargar el moment de tornar a casa. «Avui m'hauré de quedar una estona més perquè demà tinc una entrega a un client, carinyo. Potser arribaré cap a les deu, o cap a les onze». I el Nis es quedava una llarga estona a l'estudi, treballant, drogant-se, escoltant música, prenent-se cerveses l'una darrere l'altra, palplantat davant l'ordinador, altre cop drogant-se, mirant a un punt inconcret de l'infinit, perquè sabia que a casa la Paula estava ben atesa, infermera als matins i cuidadora a les nits. Per a qualsevol cosa que necessités: rentar-la, treure-li els bolquers, pentinar-la, posar-li desodorant, tallar-li les ungles, depilar-la, pentinar-la... No el necessitaven per a res.

I així passava el temps que es dilatava dia rere dia. La Paula fabricant-se un món des de la glorieta i el Nis refugiant-se darrere el visor.

Dos mons de ficció.

Dispars.

Alienats l'un de l'altre i cada cop més distants.

Fins que un dia van arribar unes paraules.

Crues.

—Això no té cap sentit, Nis. Em vull morir.

III

19

Platja de Portlligat. Aigua calant els ossos. Una barca. Uns amics. Un viatge esperat. Expectatives de passar-s'ho bé.

—Ajuda'm a pujar a la barca, Max! —cridava el Jon amb l'aigua fins als turmells.

—Agafa't fort! —cridava el Max.

—Hòstia, està fredíssima —exclamava l'Olívia.

—Va, no sigueu cagats i pugeu tots dalt de la barca —deia el Nis, portant el timó.

El Max va mirar la seva dona, que era a la sorra de la platja amb la Lluna a coll.

—Segur que no vols pujar, Mila?

—No, marxeu tranquils. Ens veiem d'aquí a una estona. Que vagi molt bé!

El Nis va arrancar la menorquina —braç musculat, heroi en acció— amb l'Olívia, el Jon i el Max com a passatgers. Els havia promès un passeig en barca fins a la cala dels crancs i no estava disposat a decebre de cap manera els seus amics. El Nis, el fort del grup, amb dots de lideratge, el que sempre portava la veu cantant, l'amfitrió de Portlligat i Cadaqués, volia que aquest dia fos perfecte i que el recordessin tots amb un somriure.

Durant uns dies havia estat planificant el cap de setmana amb tot detall:

El peix a la subhasta.

La barca.

La cala dels crancs.

L'arròs per sopar.

La pluja d'estels.

«I és que l'escenari no pot ser més idíl·lic, Olívia».

Volia que tots ells, tots, tinguessin el record magnífic del parell de dies que viurien plegats a Portlligat. Moments per incloure al catàleg de moments feliços. La tirania de la felicitat. «Perquè oi que estem tots contents, Olívia?». «Oi que no podem demanar res més?».

—Hòstia, el Nirvana ve nedant cap aquí! —va cridar el Jon, atabalat des de la barca.

Van girar el cap i van veure el Nirvana —boca oberta, llengua enfora, ull esverat— nedant com podia en direcció a la barca.

—Què fem?

—Que pugi, home, que pugi! —es va exclamar el Nis.

—Un gos dalt d'una barca? —va preguntar el Jon, estranyat.

—Bé que sap nedar, oi?

Amb el vent de cara —«D'aquí a vint minuts arribarem, eh?»—, contemplaven els paisatges. A l'esquerra, el poble de Cadaqués, aïllat per les muntanyes, amb l'església de Santa Maria presidint la vila, els carrers blancs i costeruts plens de buguenvíl·lies, l'estàtua de Dalí dient-los adeu, algunes barques disseminades per la platja. A la dreta, la immensitat del mar donant-los la benvinguda. Una barreja de blaus i verds i ocres que s'entrellaçaven i es convertien en colors nous i sorprenents. I peixos nedant sota seu i acompanyant-los durant el viatge. Verats, turbots, daurades, pops, crancs, escórpores... «Aquí hi ha de tot», els deia el Nis, l'amfitrió perfecte.

El Jon va acariciar l'aigua i la va tastar. L'Olívia es va asseure al seu costat i va encreuar les cames blanques.

—T'agrada l'aigua salada?

—M'agrada.

—És curiós. Saps que diuen que cura no sé quantes malalties?

—Ah, sí?

—Sí, de fet fa temps, quant la gent tenia malalties com la tuberculosi els portaven sempre a prop del mar. Però també diuen que va bé per al cap.

—El cap?

—Les emocions. Diuen que va bé per a l'estrès. I per ordenar una mica les idees.

—Potser que vingui a viure un temps aquí, doncs —va dir el Jon, tot somrient.

El Jon va pensar que l'Olívia tenia raó. El mar creava un efecte hipnòtic, relaxant, semblant a un somnífer. Era tot el contrari de la ciutat: cotxes, clàxons, crits, músiques dissonants, gent conversant pel mòbil, una simfonia de sons estressants que es convertien en una mena d'habitacle incert on viure. Per un instant va desitjar quedar-se aquí i no haver de tornar més a la ciutat. Què collons faré, jo, a partir d'ara? El seu taller de tatuatges continuaria intacte, sí. Però hauria de buscar-se un lloc on viure, i potser un nou amant, o qui sap si per fi una parella... De cop, va pensar que potser podria instal·lar-se al pis de la Paula i quedar-se a viure amb ella durant un temps. I potser podrien fer-se companyia l'un a l'altre, riure una mica, explicar-se les seves misèries i les seves il·lusions. Perquè ell d'il·lusions encara en tenia. Volia escriure. Qui sap si la història de la Lluna podia ser un bon començament. En canvi, la Paula... En tenia, d'il·lusions, la Paula? Era possible retornar-li les ganes de viure?

—Ja hem arribat! —va exclamar el Nis, assenyalant amb el dit índex la cala dels crancs.

Va tirar l'àncora fent un desplegament de músculs i narcisisme. L'Olívia el contemplava amb un deix d'admiració. El Nis, el seu Nis, fins ara admirat però a qui començava a veure des d'un altre prisma. Era com si de sobte algú li hagués tret la vena dels ulls i li hagués permès veure el Nis des d'un forat amb un pany desconegut. Els amics no l'admiraven tant com ella es pensava. O era només un miratge?

—Aquí la teniu. La cala dels crancs —va dir-los el Nis—. I no, per si m'ho pregunteu no hi ha tants crancs com sembla. Abans sí que n'hi havia més; abans del refotut canvi climàtic.

El Nirvana va fer un salt i va anar a parar a la cala. Tots el van seguir. L'Olívia, el Jon, el Max...

—Aquí, res de sorra fina ni polles —els va dir el Nis—. Aquí dalt les cales són totes de roca. Amb pins i alzines que sobreviuen a les tramuntanes més bèsties. I amb l'aigua més bonica i cristal·lina que hàgiu vist mai. Què? Fem un banyet?

Hi havia un parell de turistes que quan els van veure arribar van decidir recollir les tovalloles i marxar. «Collonut», va dir-se per dins el Nis. La platja per a ells sols, tal com havia planificat, sense interrupcions ni personatges secundaris.

Ells.

Un grup d'amics.

Escenari idíl·lic.

—I ara... festa grossa!

El Nis va obrir una nevereta, d'on va començar a treure cerveses. A continuació va connectar el mòbil a un altaveu i va posar música. Bruce. Bruce Springsteen. «Glory Days». El seu objectiu secret. «Perquè vam viure i continuarem vivint moments de glòria, amics meus».

El Jon va somriure —per un moment es va oblidar de les preocupacions— i es va tirar a l'aigua.

Plaf.

Sensació de llibertat, refrescant.

El Nirvana corria amunt i avall bordant i empassant-se l'aigua a glopades.

—Va, veniu i tireu-vos! —els cridava el Jon des de l'aigua.

El Max li va seguir els passos i es va llançar en posició de bomba. Tots van riure i el Jon no va poder evitar pensar que el Max, l'insípid del Max; era una mica una ànima en pena. De fet, com era el Max? Senzillament era el marit de la Mila i prou. El gos que acompanya l'amo. El company inseparable.

—I tu no et tires a l'aigua, Olívia?

Aleshores l'Olívia va col·locar la cama dreta sobre la coberta de la barca, es va treure la part de dalt del biquini, després la part de baix, va pronunciar un «No us importa, oi?», i tot seguit, es va tirar a l'aigua.

Plaf.

Tots van riure.

«Dies de glòria».

El Max es va mirar l'Olívia —un moment, girada de cap, «No ho vull veure»— i va notar una erecció a l'instant. Però en comptes d'apropar-s'hi i anar a xerrar amb ella va decidir dirigir-se cap a unes roques a prendre el sol.

—Ei, acabo de trobar un pop de l'hòstia —va dir, cridant-los a tots des d'unes roques.

—Ja ho tenim! Avui pop a la brasa d'aperitiu!

20

La Mila i la Lluna eren al porxo, dibuixant. La Mila, com a dona previsora que era, havia portat un estoig amb vuit dacs de colors, un llapis negre, una goma d'esborrar i una maquineta. La Lluna dibuixava al dors d'una pàgina Excel on hi havia escrita una ordre de rodatge.

—Intenta no passar-te de la ratlla —li deia la Mila—. Què és això, un gat?

—Una sirena, mama.

A la Mila la sorprenia l'ús que en tot moment la Lluna feia del vermell. Gargots fets amb ràbia, malestar, un punt d'irascibilitat. Es preguntava si expressaven alguna cosa i si —tal com li havia insinuat una mare de l'escola—potser algun dia l'haurien de dur a un psicòleg.

Es va alçar una ràfega de vent i els papers plens de colors van començar a volar pels aires. «Huracà de colors i retalls de dibuixos», va pensar un instant. Mar enllà, va veure les onades que es començaven a alçar. Tramuntanada. «Estic tranquil·la», va pensar, recollint els papers d'un en un. «La Lluna i jo som a bon port». I en cap moment va patir pel Max, ni tampoc pel Nis, ni pel Jon, ni encara menys per l'adolescent arrogant de l'Olívia.

La Mila va agafar la Lluna a coll —«És hora de dormir, petita»— i van entrar totes dues cap a casa. Va instal·lar-la al sofà i va començar a fer zàping fins que va trobar uns dibuixos que va considerar adients. «Aquests no canvien de pla massa ràpid ni poden provocar atacs epilèptics», es va convèncer a si mateixa. «Ens quedarem una estoneta aquí». Sabia que d'aquesta manera la Lluna sempre s'acabava adormint i fent la migdiada. Li passava sempre.

La Lluna va quedar-se mirant els dibuixos —un follet, una fada, un drac—, mentre la Mila va anar-se'n un moment cap a la cuina.

De cop, tenia gana. Va obrir la nevera i va agafar un tall de síndria. Se'l va menjar. El suc li va regalimar per la barbeta. Es va xuclar el dit índex i es va eixugar la cara amb un drap. Llavors va mirar altre cop a través de la finestra. Un mar immens, blau; al cel començaven a formar-se alguns núvols.

Va sortir a la sala, que estava silenciosa. Només el so del televisor interrompia la pau d'aquell racó de món. Aleshores va deixar la Lluna un moment sola —«No et moguis d'aquí, carinyo!»— i va dirigir-se cap a les habitacions del pis de dalt. Li agradava observar sense ser vista, treure el cap a la intimitat nova del Nis, sense la Paula, la seva estimada Paula, a qui per molt que ho volgués no aconseguia treure's ni un sol moment del cap. «Perdona'm, Paula».

Va entrar a l'habitació principal que abans compatien el Nis i la Paula. Va veure els llençols rebregats i va pensar que el Nis i l'Olívia havien fet sexe. La sorprenia la capacitat del Nis de substituir ràpidament —massa?— una dona per una altra. Sabia que no el podia culpar. Però a la vegada sentia la necessitat de recriminar-li l'actitud i volia marxar d'aquí al més aviat possible. Va entrar una mica més i va obrir els armaris. Camises de lli, samarretes, unes xancletes amb vaixells dibuixats, unes vambes foradades. A continuació, la roba de l'Olívia: sostenidors esportius, pantalons curts, samarretes arrapades al cos. «Qui pogués tenir la seva edat ara», va pensar la Mila. Sota la roba de l'Olívia hi havia dues grans maletes. En va obrir una —«Són fora, no em veuran»—, i es va deixar endur per una curiositat insana. En una hi havia un petit estoig amb algunes joies. Un anell de diamants, un braçalet d'or, un collaret de perles. La Mila va pensar que les joies no s'adeien en cap moment amb la imatge fràgil i desvalguda que tenia de la noia. De qui eren totes aquelles joies? A sota el necesser hi havia un moneder desgastat, i a dins —«L'obro, l'obro, no passa res»— hi havia una fotografia. La va observar. Una nena petita de l'edat de la Lluna somreia a la càmera amb els seus dos pares al costat. La Mila es va pensar que devia tractar-se de l'Olívia. Quin passat devia tenir, l'Olívia?

A continuació va obrir l'habitació on s'allotjava el Jon. Llambregada ràpida, i una motxilla encara per desfer damunt del llit, una samarreta arrugada, una llibreta deixada de qualsevol manera damunt del llit. Havia vist la mateixa llibreta en mans del Jon diverses vegades. Se les comprava sempre del mateix color. Verd. El verd esperança. «Perquè en qualsevol moment em pot venir alguna idea al cap que es pot convertir en una bona novel·la, Mila». Va obrir-la i es va trobar tot de frase ratllades.

Un grup d'amics.

La retrobada.

Una casa vora el mar.

Una notícia que fins ara ha estat silenciada.

Va tancar-la i va tenir la urgència d'anar altra vegada a veure la Lluna. Se la va imaginar ofegada al fons de la piscina i amb la cara inflada i de color morat. La seva imaginació per a temes fatídics no tenia límit. I si havia sortit? I si havia caigut i s'havia ofegat de cop i volta? I si ja havien passat els disset segons necessaris —disset, només disset— per ofegar una criatura? Va descendir les escales i es va tranquil·litzar en veure els peus menuts de la Lluna sobresortint al sofà.

(Dracs i princeses. Plans tranquils. Colors saturats. La Lluna dormia.)

Aleshores es va disposar a apagar els dibuixos quan va veure uns CD apilonats al costat del televisor.

Els CD es titulaven «Videoclips amb els amics».

Cada any en feien un. Des que estudiaven audiovisuals a la universitat. Els primers en càmera super-8 i anys més tard en vídeo o mòbil.

La Mila va agafar els CD i li van venir tot un seguit de records.

Records perfectament ordenats i incrustats al cervell amb xinxetes.

El grup d'amics.

El grup d'amics i la Paula.

La seva cançó preferida del Bowie.

Els vídeos que feien cada any amb la voluntat simplement de divertir-se.

Va prémer el Play i va viatjar uns quants anys enrere.

—Prepara la càmera, Nis!

—Ja va, ja va, no m'atabaleu. Rodarem la seqüència del bosc, d'acord?

Com cada any, preparaven un videoclip amb alguna temàtica de terror per divertir-se i riure una estona. No tenia cap intenció artística sinó la simple intenció de divertir-se i prou. «Va, que farem una mica el friqui». «I l'humor sobretot no pot faltar, OK?».

—Ei, a mi no m'emboliqueu amb aquestes coses, eh, que jo no estic tan pirada com vosaltres —els deia la Paula.

—Doncs espera't, que si queda bé l'enviarem a algun festival.

—A un festival de què? De videoclips? Estàs boig? No vull que em reconeguin, Nis.

Tots ells —cares blanques, llavis pintats de sang, violeta sota els ulls, indumentària decadent— esperaven que el Nis els donés l'avís per començar a interpretar els papers que havien preparat i escrit durant algunes tardes.

«Acció».

Aleshores la Paula començava a caminar pel bosc —collint bolets, feia veure que collia bolets— mentre el Max, el Jon i la Mila la perseguien fent el zombi.

Venien des de diferents direccions.

Es disposaven a atacar-la.

Corrien, es movien amb espasmes, li mossegaven el coll, la devoraven. Sang, sang, sang!

«Tallem», deia el Nis.

Després, muntaven el vídeo amb la mateixa cançó de sempre, que sense voler s'havia convertit en una mena d'emblema del grup.

> There's a starman waiting in the sky
> He's told us not to blow it
> Cause he knows it's all worthwhile
> He told me:
>
> Let the children lose it
> Let the children use it
> Let all the children boogie

La Mila va marcar el Pause amb les mans tremoloses.

(La Lluna dormia.)

Aleshores, mentre l'aparell mostrava un primer pla de la cara terrorífica i ara convertida en zombi de la Paula, la Mila va sentir un calfred.

En què s'havien convertit ara?

En què s'havien convertit tots ells?
Va apagar el vídeo i es va mirar la Lluna.
El meu present.
«Tallem», es va dir.
Com si fos tan fàcil.

21

La Paula es llevava d'hora i se n'anava a nedar al mar. Li agradava fer-ho quan la casa estava en silenci; el Nis entre els llençols rebregats, la Mila i el Max intentant concebre un fill a marxes forçades, el Jon passant el braç per l'esquena a algun dels noviets que havia dut a Portlligat... Era un moment íntim que es regalava a si mateixa cada dia. Ella i el mar, la sal als llavis, l'aigua acariciant-li les cames, els primers rajos de sol penetrant-li les parpelles i eixamplant-li el cor. Aleshores tornava a casa, es netejava els peus de sorra a la dutxa del porxo, i se n'anava a Cadaqués amb moto a comprar el pa.

Amb sèmola i cereals per al Nis (ell sempre tan especial).

Integral per a la Mila (l'ajudaria a concebre millor, segons deia).

Una barra senzilla de pa blanc per al Max, el Jon i ella, els eterns personatges secundaris (Per què no eren capaços de demanar res especial?, es preguntava).

Aleshores, esmorzava un cafè amb dos glops de llet, llegia les notícies al mòbil —que si un atemptat, coalicions de govern, huracans devastadors— i quan acabava se n'anava a tocar el piano amb sordina per no despertar els seus amics.

Tocava hores i hores.

Els dits blancs i llarguíssims lliscant sobre el piano.

Les ninetes clavades a la partitura.

El peu dret sobre el pedal de la sordina.

La música que ho omplia tot.

En paral·lel, la Mila es recordava alçant-se de bon matí amb els acords de Bach despertant-la. Baixava les escales, mig despentinada, i s'asseia al seu costat —«Deixa'm un tros de tamboret, Paula»— mentre li anava passant les pàgines de la partitura i l'escoltava amb plena atenció.

Sovint se la mirava de reüll.

Ulls maragdes.

Clotet a la barbeta.

Dents separades.

Cabellera pèl-roja, que sempre havia envejat tant.

Sovint es preguntava per què no havia heretat la bellesa de la seva germana. La Mila era intel·ligent, sí, i fins i tot havia acabat guanyant-se millor la vida que la Paula. La seva determinació era invencible. «Quan vols alguna cosa sempre l'aconsegueixes, Mila». «Tu sempre tires endavant». Però la Paula tenia aquell do especial de fer les coses boniques i sensibles, d'acariciar les tecles del piano amb els seus dits llargs, elegants i blanquíssims, de tenir un somriure plàcid que encisava el món, de sentir la delicadesa de la música, i el tacte dels infants, de tenir les paraules sempre apropiades, les que agradaven als pares, sobretot al pare. Potser l'havia idealitzada?

La Paula va acabar de tocar i la va mirar amb un mig somriure.

—T'ha agradat?

—Molt.

—Vols que te'n toqui una altra?

—Toca'm les peces que vulguis, Paula.

Aleshores baixava el Nis —«Bon dia, Paula, vens al llit?»— i se l'enduia escales amunt i li robava durant uns minuts la seva germana.

I la Mila somreia, i es mirava la Paula des de la distància, en angle en contrapicat, desitjant en algun moment —incert, imprecís, difícil d'evocar— convertir-se en la seva germana.

22

—A la una, a les dues i a les... tres!

El Jon va agafar embranzida i va fer un salt des de les roques fins a l'aigua. Uns quinze metres de caiguda.

Plaf.

L'aigua era fresca, revitalitzant, una injecció d'adrenalina.

—Hòstia, una mica més i em faig mal! Aquí a sota hi ha unes roques! —cridava el Jon.

—És impossible tocar-les, són massa a baix! —li deia el Nis, rient des de la barca.

Ara el Max s'apropava a la punta de la roca amb la seva panxeta fent corba. Se l'acariciava sovint, la panxeta. Uns quilos de més que sabia que molestaven la Mila i que a ell li eren ben igual. «Mira't aquesta aplicació per aprimar-te, Max». «I si fas algun règim?», insistia la seva dona. Es va situar les mans a la panxa, temorós, va respirar profundament, va mirar altre cop cap a baix a l'aigua i...

—No ho veig clar.

—Tu mai veus res del tot clar, Max —se'n reia el Nis—. Va, que el Jon ha estat valent. I encara continua viu. Tu tira't, home.

—No ho sé, no ho sé...

Tots van insistir i el Max es va sentir interpel·lat a «fer-se una mica l'home». Sobretot des que l'Olívia se'l mirava i li deia: «Jo també m'hi vaig tirar, Max, és divertit. Va, que després te'n penediràs si no ho has fet», i altres mots que des d'allà dalt no arribava a comprendre.

Va fer un pas endavant, va agafar aire, es va tapar el nas amb els dits i finalment...

—Arggghhh!

El Max va caure a l'aigua i durant uns segons no en sortia. Les cares del Nis, l'Olívia i el Jon es van transformar.

El Jon va córrer a submergir-se i va començar a buscar el seu amic entre la foscor del mar.

On era? De seguida, el Max va treure el cap, rient, i els va fer botifarra a tots.

—Ens has espantat, cabró.

—Teníeu raó, la caiguda aquesta és de puta mare.

—Oi que ha valgut la pena?

—Molt, molt!

Tots van riure i el van insultar. L'Olívia també, oblidant per uns moments el seu rol inexplicable en aquesta trobada.

El Nis pensava que se n'estava sortint i que el cap de setmana adquiria una direcció òptima. «Anem bé», es deia. «Tot controlat. Només hem canviat una variable. La vida segueix i tenim dret a gaudir-ne».

Més tard, estirats en unes roques, el Max trobava a faltar la Mila. Es preguntava què devien estar fent, ella i la nena, soles a casa, sense poder gaudir d'aquests moments.

—S'ho hauria passat de conya —va pensar en veu alta.

—El proper cop veniu tots tres, home, i amb la nena —va argumentar el Nis.

—La meva dona és una mica patidora. Si m'hagués vist tirar-me de dalt d'una roca…

—Hauria pensat que ets tot un semental —se'n va riure el Jon.

—I tu, Jon? —va preguntar el Nis—. Com és que no has vingut amb el teu noviet aquell? Pau, oi?

—Pol.

—Doncs això, Pol. Aquest no és el que estava tan bo? Com és que finalment no ha vingut amb tu?

—Ja t'he dit que tenia feina.

—En cap de setmana?

—De què treballa, ell?

—De cambrer.

—Ah, molt bé. Però no s'ho podia muntar? Em pensava que havies dit que...

—Potser abans vaig dir-te una altra cosa, però finalment no ha pogut ser, d'acord? —va interrompre bruscament el Jon.

—Bé, bé —el Nis—. No cal que t'ho prenguis així, home. Només t'he fet una pregunta.

Es va fer un silenci curt i el Jon va alçar la barbeta com si li vingués de gust oblidar-se dels amics i dedicar-se a prendre el sol. Va tancar els ulls i es va evadir del món. Volia esquivar mirades, celles arrufades, preguntes insistents del Nis volent indagar sí o sí sobre el seu món. No era la primera vegada que mentia sobre les parelles o les feines —«Per què tot m'ha d'anar tan malament?»—, i encara menys davant dels seus amics. Volia mostrar-se fort, valent, capaç de sortir-se'n i de tirar endavant. «Fot el camp de casa i queda't el Nirvana», li havia dit el Pol. La seva vida era un desastre.

De cop, va sentir un calfred. I el Nirvana?

És responsabilitat meva. És responsabilitat meva. És responsabilitat meva. És responsabilitat meva. És responsabilitat meva. És responsabilitat meva. És responsabilitat meva. És responsabilitat meva.

Es va alçar d'un bot i va preguntar:

—El gos? On és? Algú l'ha vist?

Cremor a l'estómac i nervis vibrant sota la pell.

23

La Mila va trucar al timbre de casa la Paula. Portava una caixa de bombons embolicada amb un llaç rosa. Sempre que li duia qualsevol detall —flors, uns bombons, una pel·lícula per veure juntes—, la Mila s'encarregava de desembolicar-ho amb presses i actuar com si fos les seves mans.

El Nis va obrir-li la porta amb cara de preocupació i un cigarret penjant-li de la punta inferior del llavi. La cendra queia sobre les rajoles. A dintre tot era fosc. Ombres difuminades. Tan sols se sentia el so de la ràdio engegada.

El Nis va alçar la barbeta i la va mirar amb rostre cadavèric.

—Diu que no em vol veure.

—Què dius, Nis?

—Ta germana. Em diu que me'n vagi, que no em vol veure més, que foti el camp per sempre de casa, que em vol deixar.

La Mila es va mirar el Nis i va pensar que tenia molt mal aspecte. Des que havia passat l'accident, el Nis havia envellit. Cuidar de la Paula dia i nit, encara que tinguessin prou diners per poder pagar una infermera i un fisioterapeuta, era una feina estressant i esgotadora. Atendre-la les vint-i-quatre hores del dia, sense interrupcions, per fer qualsevol cosa, canviar el canal del televisor, esmorzar, pentinar-la, un vas d'aigua, la picor al cap... «Pots apagar el llum, sisplau, Nis?».

—Deu estar atabalada. S'ha pres la medicació?

Va endinsar-se al pis que feia olor de talc i habitacions tancades. Una ombra llefiscosa ho empastifava tot. Els sofàs, la taula de roure, les cadires de vímet, el gerro de flors seques, la cafetera que encara era al foc... Era l'ombra llefiscosa de l'opressió, del viure tancat, sense un bri d'esperança, «Perquè aquí m'ofego, Mila», «Tu no saps el que és viure aquí, tancat, sense poder respirar». Era l'ombra de la malaltia i de la mort.

La Mila es va mirar el Nis mentre premia els llavis.

—La veritat és que no puc més, Mila —va dir-li el Nis abans d'entrar a l'habitació.

—Sé que és molt difícil per a tu.

—No. No ho saps. No en tens ni idea. Això és una puta merda, Mila. La Paula no s'ho mereix.

La Mila no sabia què dir. Ella hi anava cada dia una estona, normalment als migdies, quan podia fer un petit descans a la feina i prendre's un temps per a les «seves activitats». Dinaven juntes, intentava fer-li el seu plat preferit —mandonguilles amb sípia—, si tenia temps veien alguna pel·lícula, si encara n'hi quedava més hi anava alguna nit. Els dimarts i els dijous sabia que hi anava el Jon. El gran amic de la Paula. Amb ell la veia somriure, fins i tot divertir-se. Què devien parlar la Paula i el Jon? Ell li llegia els seus textos i ella somreia, reminiscències de la Paula, com si entre ella i el Jon parlessin una mena de llenguatge comú.

Però ara tenia el Nis al davant amb ulls emboirats i plens de dubtes.

—Ves a fer un volt, que jo em quedo amb ella —va dir-li la Mila.

—Segur?

—Sí, ves-te'n tranquil, que jo m'ocupo de tot.

La Mila va entrar a poc a poc dins de l'habitació. Ràdio engegada. La veu vellutada d'una locutora jove parlava de viatges interestel·lars a la velocitat de la llum on el temps passava ben a poc a poc. «Quina ironia», va pensar la Mila. Si la Paula en néixer hagués començat a viatjar a la velocitat de la llum ara seria una Paula més jove. Quants anys tindria? Setze? Vint? Va sentir un calfred en constatar que en aquest cas la Paula encara no hauria tingut l'accident. Seria la Paula de sempre, desperta, tocant el piano, caminant, cantant, vivint, anant en barca..., la Paula somrient. «Tres-cents mil quilòmetres per segon», deien.

La Mila li va fer un petó al front i va agafar una cadira per asseure's ben a prop d'ella. Però la Paula continuava estirada allà. Ulls clucs. L'habitació en penombra. Tan sols un fil de llum que es colava a través de les cortines i que impactava contra la pota dreta del llit. Aquell llit. Especial per a tetraplègics. Amb el comandament a distància per poder pujar de posicions segons convingués: 1, estirat. 2, lleugerament incorporat. 3, encara més incorporat. 4, assegut en posició cadira.

Va apropar-se a la Paula i li va agafar la mà amb tendresa. Una mà morta, inerta, una mà que «podria pessigar o cremar i que continuaria inalterable».

—T'he portat els bombons que a tu t'agraden.

La Paula va obrir els ulls. Silenci.

—Si vols, també podem mirar juntes una pel·lícula. Una comèdia. Dels germans Marx. O aquella que et fa riure tant, *Ningú no és perfecte*. Què et sembla?

Silenci.

La Paula va tancar els ulls.

—Em vull morir, Mila. Sisplau, ajuda'm a morir.

24

El cel s'estava tornant rúfol i les onades s'alçaven gairebé mig metre.

—Mireu quin cel que fa —deia el Max—. Fot pinta de posar-se a ploure, no?

El Nis, el Jon, el Max i l'Olívia feia estona que buscaven el Nirvana. No podia ser gaire lluny, es deia el Jon. Cala dels crancs. Quatre roques. Pins i roures. Estaven envoltats d'aigua. On podia haver-se ficat?

—Nirvana! —cridava el Jon, convençut que si al gos li passava res, no s'ho arribaria a perdonar mai.

—Tranquil, Jon —va dir l'Olívia—. Segur que el trobarem. I en tot cas, no marxarem d'aquí fins que el localitzem, d'acord?

Li va agafar la mà i el Jon es va sentir alleujat. L'Olívia, la desconeguda de l'Olívia, la forastera de l'Olívia, era qui més li feia costat en moments com aquell.

Pel cap del Jon passaven tota mena d'hipòtesis versemblants.

Un accident?

S'ha perdut?

Està ferit?

Ofegat?

Algun dia m'ho podré arribar a perdonar?

Van mirar els penya-segats, l'aigua, entre les branques dels arbres —maleïda cala dels crancs, pensava—, mentre el Max i el Nis feien un tomb en barca per veure si el veien des d'algun lateral.

El Jon va imaginar-se el gos malferit i estès a terra, amb ulls aquosos i un tall a l'abdomen que el dividia en dues meitats. Sagnava. Gemia com si sentís un dolor afilat, agut, impossible d'imaginar, invisible com el de la Paula. Era invisible, el dolor de la Paula? Però més enllà d'això es maleïa a si mateix per no haver-lo cuidat prou. «És hora d'assumir responsabilitats, Jon», es deia. «És hora de ser valent, de fer-se gran, de créixer d'una puta vegada».

Va començar a ploure.

Quatre gotes.

Sis.

Un bon xàfec.

—Nirvana!

El Jon va sentir una tristesa fonda com si tot al seu costat s'estigués esfondrant. La cala dels crancs, el gos, la vida sencera... S'imaginava una història de quatre supervivents en una illa que per tirar endavant mataven un gos i se'l menjaven. «Aquesta podria ser una bona història?», es preguntava. Per un moment s'imaginava el Pol acusant-lo de no ser prou responsable i d'haver provocat la mort del gos.

Finalment, van sentir un lladruc. «On s'ha ficat?», es demanava.

El Nirvana va arribar corrents amb una serpeta a la boca i la cua i les orelles alçades.

—Nirvana! —va cridar el Jon. «Si està malferit, li clavaré un tret», va pensar.

—Hòstia, és viva —va formular el Max, referint-se a la serp.

—Ens l'està portant com a trofeu.

Tots van observar la serp —un petit escurçó—, que es movia en totes direccions fent espasmes.

—Hauríem de marxar. Està plovent moltíssim —deia el Max a tothom, començant-se a impacientar—. Això no és perillós? Amb aquestes onades se'ns podria bolcar la barca.

El Nis va fotre-se'n tant com va poder dels seus amics —que si sou uns caguetes, nois, que no n'hi ha per a tant, que si no ho veieu que no passa res si plou— i va donar-los quatre lliçons sobre la «vida marinera». Llavors va agafar l'Olívia per la cintura —«Oi que hem sortit moltes vegades plovent?»— i va fer-li un petó teatral davant dels seus amics. Tanmateix, ella es va desfer subtilment del seu braç —«Deixa'm estar, Nis»—, i se'n va anar al costat del Jon, que intentava pujar a la barca. Aleshores va veure el noi amb el rostre empallidit.

—Estàs bé, Jon? —va preguntar l'Olívia.

—Sí... estic bé. Però no sé si aquí dalt aconseguiré estar-m'hi gaire estona.

Plovia. La barca es movia a banda i banda. El vent els desendreçava els cabells.

—Em sembla que m'estic marejant —va afegir el Jon.

El Max també va fer un salt i va pujar a la barca.

—Intenta't estirar de costat —li deia l'Olívia. I alhora cridava—: Va, Nis, marxem, el Jon no es troba bé!

El Nis va anar nedant cap a la barca i va començar a llevar l'àncora. El mar estava revoltat i deixava anar una espuma blanca que al Jon el feia pensar en la bava llefiscosa d'un cargol. Un enorme cargol. De cop li van venir ganes de vomitar, però va fer l'esforç immens de reprimir-se. Li venien al cap imatges poderoses que intentava dissuadir com fos: l'alè putrefacte de gos, els ossos de pollastre podrint-se a la nevera, centenars d'àcars caminant damunt del marbre, vòmit de gat a l'estora... Avançaven amb el motor en marxa encarant les onades. Si una cosa havia après l'Olívia durant aquest temps a Portlligat, és que «les onades sempre s'han d'encarar, Olívia, mai esquivar... Si intentes esquivar-les, és quan acabes bolcant». Així que van anar evitant les onades mentre el Jon, estirat al costat de l'Olívia, intentava aguantar-se el vòmit.

—Segons diu aquesta aplicació, ve una tramuntanada de l'hòstia —va dir el Nis, agafant el timó.

—Doncs podries haver-ho comprovat abans —va dir-li el Max—. Falta molt per arribar?

—No patiu, amics, que esteu en bones mans.

Van arribar a la platja de Portlligat després de gairebé mitja hora. L'Olívia va ajudar a sortir el Jon, a qui encara li rodava el cap i només desitjava posar els peus a terra i estirar-se una estona.

Es va apropar un moment a la noia i, deixant-se endur per un instint primitiu, li va acabar engegant:

—Gràcies.

L'Olívia va fer un pas endavant.

—El Nis és una mica tossut, quan vol —va dir ella.

—Tossut? Tu encara no el coneixes…

El Jon va marxar cap a dins i l'Olívia se'l va mirar estranyada. Li havia parlat. L'amic del Nis s'havia expressat. Li havia transmès un missatge que no aconseguia comprendre però que intuïa important.

—Ei, Jon! Per què ho dius? Què vol dir que «encara no el coneixes»?

Però el Jon no va arribar a contestar.

Massa tard.

Una enorme bola de fel i pèls de gos li pujava fins al capdamunt del capdamunt de la tràquea.

Va vomitar.

—Aquí al porxo no, collons —va formular el Nis.

Hi va tornar una altra vegada.

25

L'Olívia va dutxar-se i es va treure tota la sorra. En tenia pertot arreu: sota el plec de l'aixella, darrere el lòbul de l'orella, entre el segon i tercer dits del peu, a les arrels dels cabells...

Es va embolcallar amb la tovallola i va entrar a l'habitació disposada a triar un vestit per a la nit. Va obrir l'armari i va tenir la sensació de detectar una olor que no era la seva. «Què dius, Olívia? Estàs delirant», va pensar. La Mila? O qui sap si la Paula? Va triar un vestit blau amb un rivet verd i unes sandàlies a joc amb una veta blanca.

—Què? Preparada per a la pluja d'estels d'aquesta nit? —va dir-li el Nis, que acabava d'entrar a l'habitació a buscar el rellotge.

—Sí —va contestar ella en un to sec.

El Nis va observar com es cordava la veta d'una sandàlia. Tenia unes cames estilitzades i torrades pel sol. Era preciosa. La corba de la cama li indicava un món nou que de cop tenia ganes d'explorar. De tant en tant li agradava mirar-la. Sense ser vist. Observar-la com qui observa una petita obra d'art que es contempla per primera vegada. «Algun dia hauré de fotografiar-la», pensava.

—Estaves molt bonica avui a la platja —va prosseguir el Nis—. He vist com et miraven tots. El penjat del Max no et treia els ulls de sobre. I el Jon... perquè és gai, eh, que si no també se t'hauria follat viva.

—Per què li dius penjat? —va interrompre'l l'Olívia.

—Què?

—Que per què li dius penjat? Al Max. A mi em sembla un bon tio. I el Jon també. Tots dos són bons tios.

—Sí, són bon tios. No et dic pas que no. Ei, però es pot saber què et passa, a tu, ara?

L'Olívia va contestar un «Res» i va obrir el primer calaix de la tauleta de nit per agafar les polseres. Es va plantificar davant del mirall i es va començar a fer la ratlla negra als ulls. El Nis va mirar com s'incorporava davant del mirall i arquejava el cos traient el cul en pompa. La va observar uns segons que es van fer eterns. L'Olívia. La jove i eròtica Olívia. Des que l'havia coneguda li havia retornat la brillantor als ulls. Una altra oportunitat. L'Olívia podia moure's, ballar, nedar, follar... Estava viva. Un pensament abrupte li va venir al cap: i si l'Olívia s'accidentava? Ara? Per què no? Un sol segon podia capgirar el món. Altra vegada. Com li va passar anys enrere amb la Paula. O encara pitjor: i si s'accidentava però finalment no es moria?

Va intentar treure's els pensaments del cap i va abordar l'Olívia per darrere. Li va acariciar l'esquena fins a baixar al cul. El va acaronar amb suavitat, mans d'home, vellutades, com si estiguessin tocant una escultura que tan sols es pogués contemplar. Després va desplaçar els dits a l'entrecuix, i la va tocar per damunt de les calcetes. La va trobar molla. «Prou, Nis, prou». Però els dits van desobeir, van traspassar la roba, van palpar tot el que es podia palpar, forats, plecs, cavernes, botons, i van començar a acariciar-li el clítoris.

—Va, abans que ens trobin a faltar —balbucejava ell, fent-li petons pel coll.

L'Olívia se'l volia treure de sobre però l'excitació creixia.

Pessigolles a les cuixes.

El sexe li cremava.

Ell es va ajupir, va acariciar-li les natges.

—Va, com a tu t'agrada.

Un dels dits va desplaçar-se i se li va ficar dins. L'Olívia va deixar anar un sospir de plaer. Mossegada al coll.

—Prou, Nis, prou.

Ell la va agafar pel coll i la va encastar contra el taulell.

Li va acariciar un pit mentre amb l'altra mà es començava a descordar els pantalons.

Petons, carícies, llengües.

Una altra mossegada al coll.

Però aleshores l'Olívia va fer un gest.

El primer gest que marcava distàncies.

Va enretirar lleugerament el Nis —«No em ve de gust, Nis»— i se'n va anar cap a la porta.

«Ara no, Nis».

Encara amb el cor a cent, va baixar les escales amb precipitació. Al fons, a la sala, el Jon i la Lluna jugaven a fet i amagar. Un, dos, tres, quatre, cinc... «Ni rastre de ningú. La Mila i el Max deuen ser a l'habitació discutint», va pensar. «O guardant silenci. O qui sap si mantenint relacions sexuals, perquè les persones no són en cap moment el que d'entrada semblen», va pensar. Vigilant que ningú la veiés, se'n va anar cap a la calaixera on abans havia trobat el feix de cartes amb missatges de la Paula. Va obrir el tercer calaix. Palpitacions cardíaques. Cops de martell al cervell. Accedir a la intimitat del Nis la feia sentir estranya i incòmoda a la vegada. Però les seves ànsies de saber, de descobrir què s'amagava darrere la intimitat del Nis, de l'home de qui estava enamorada, superaven qualsevol tipus de reticència que tot d'una es pogués fer. Així que va comprovar que el Jon s'amagava sota la taula de la cuina, i que la Lluna el buscava per darrere el sofà —«On ets, Jon?»—, i es va assegurar que ni el Max ni la Mila eren al pis de baix, per agafar el sobre amb les cartes, i tancar ràpidament el tercer calaix.

Al bany, baldó posat, mans nervioses, va obrir la segona carta. La segona?

La lletra era rodona i quasi perfecta. Les L i les G ben definides. Les T lleugerament corbades.

Els dits li tremolaven.

«Les hauria de retornar?», va pensar un instant.

No. No ho va fer.

La carta deia el següent:

«Estimat Nis. Ho tinc tot preparat. Tot. Ara només em calen les teves mans i la teva generositat per dur-ho a terme. Saps que aquest és el meu únic desig. Morir. Sisplau, m'has d'ajudar. M'has d'ajudar com sigui».

26

So de dutxa i càntics de bolero.

La Mila feia estona que era al bany, ensabonant-se el cos de dalt a baix, qui sap si viatjant en els seus pensaments, lluny, ben lluny, a un despatx qualsevol de la productora.

El Max, d'altra banda, va obrir la maleta on duia els cafès. «Tu t'encarregaràs dels cafès del sopar», li havia dit el Nis. «Ei, i que siguin ben carregadets, que no vull badalls ni gent que se'n vagi a dormir abans d'hora». El Max va observar tot el carregament. Més o menys torrats, amb tocs de canyella, gust de nabius, amb un punt de conyac o de cítrics. Volia sorprendre a tothom amb una mostra prou variada i sorprenent. Els cafès. El seu món. Era el seu món, aquest? Per un instant, va pensar quin era el resultat de la seva vida i en què s'havia convertit. Volia ser advocat, com el seu pare. O potser no volia ser advocat. El cas és que va acabar la carrera i es va posar a treballar en un bufet laboralista d'un reputat advocat de Barcelona. Van ser uns anys intensos, els anys que va conèixer la Mila, que es guanyaven bé la vida tots dos, que sentia que la seva dona se'l mirava encara amb un cert grau d'admiració. Però aleshores va arribar la crisi i «Ho sentim molt, Max, però part de la plantilla haurà d'anar al carrer. Però no et preocupis gens perquè et recomanarem. Segur que entre la recomanació i la teva experiència trobaràs feina aviat». No en va trobar. Va enviar milers de currículums assegut a l'ordinador i un cafè fumejant davant la pantalla. El temps passava, anava a entrevistes, acumulava «nos» poc gratificants. Amb tot això, la Mila sempre era a la feina «perquè vaig de cul i em toca encarregar-me de tot, Max». I més tard va venir la Lluna. El viatge a Ucraïna. I els retrets de la Mila argumentant-li que «Ara que tenim la nena necessitem com a mínim dos sous, Max». La mirada dolça i vívida de la seva dona a poc a poc es va anar transformant. De l'admiració al qüestionament, del qüestionament a l'escepticisme, de l'escepticisme al retret constant. Fins que va tenir la idea dels cafès. Va ser un doble «clic». «Fes-te emprenedor», li va dir un dia el Nis. I la seva mare, remenant l'estofat: «Tu fas els millors cafès del món, fill». Aleshores va començar a investigar sobre els cafès i va descobrir que era un món molt més complex del que podia imaginar-se. Amb els diners de la indemnització podria muntar-se un negoci prou potable. I tampoc ho veia equiparable a muntar un bar. Muntar una cafeteria podia ser fins i tot un negoci modern, arriscat, d'empresari actual. «Seré emprenedor, la Mila se sentirà orgullosa de mi». Fins i tot podria muntar un espai per fer tot tipus de reunions... Exacte. Un espai de *coworking*, on la gent pogués anar a treballar, reunir-se, fer petar la xerrada, distreure's, mentre es prenien un deliciós cafè, és clar.

Va sonar el whatsapp de la Mila.

Per un instant va abandonar el món dels cafès i va pensar en la seva dona. Ella sempre tan ocupada, els rodatges, els incidents, els obstacles constants... Va clavar una llambregada a l'aparell i va pensar que n'estava fart, que la molestessin a totes hores. Voldria exigir-los que la deixessin en pau i li retornessin les restes del que quedava de la seva dona. Restes de la Paula i restes de la Mila, va pensar. S'ho va treure del cap.

Va treure uns quants cafès de dins de la maleta. En va triar quatre. De canyella, de cítrics, de nabius i de pebre. Es va preguntar quin combinaria millor amb l'arròs amb llamàntol que el Nis els prepararia per sopar. No sabia quin triar. Li acostumava a passar sovint. El dubte i la paràlisi. La incapacitat de decisió. «Però et toca triar-ne un, Max. Has de confiar en tu». Aleshores va pensar que el de cítrics podria ser el colofó després d'un àpat pesant i poc digerible com el d'avui. És clar que el de nabius contrastava millor amb el vi blanc que havia vist a la nevera. Sobretot si no prenien postres. O prendrien postres?

Un segon whatsapp. Altre cop va sentir l'impuls de mirar el mòbil. La feina. Aquella parcel·la de la vida de la Mila en la qual ell no tenia cap mena d'intimitat.

Cítrics o canyella?

Tercer whatsapp.

El so l'irritava. «Per què la reclamen tant, la meva dona?». Normalment no es mirava mai el mòbil, però aquest cop va decidir canviar d'opinió. Hi ha un moment a la vida en què per alguna raó un canvia d'opinió i ja està.

No cal donar-hi més voltes.

Aleshores va veure un missatge que deia «T'enyoro. Portes el tanga vermell?».

So d'assecador i càntics de bolero.

27

El Jon va arribar a casa la Paula com tants dimarts i dijous a la tarda. Per a ell no era cap sacrifici. Tot el contrari. La Paula era la seva amiga i una de les poques persones amb qui es permetia poder ser ell mateix. Sovint l'anava a buscar, la vestia, li posava les sabates planes, «un barret de palla, Paula, que avui sembla que farà calor», i la baixava ascensor avall amb la cadira per anar a fer un volt per la ciutat.

Baixaven fins al passeig de Gràcia i s'aturaven a la granja amb vitralls modernistes. Demanaven la crep de xocolata i un cafè amb llet per a cadascun. La Paula es passava la llengua pels llavis. Com una nena petita. Els dolços eren un dels plaers que encara podia gaudir i no estava disposada a renunciar-hi. I aleshores ell li eixugava els llavis, i li atansava el got d'aigua amb una canyeta perquè pogués beure el cafè, ara una mossegada de crep, ara una altra, i xerraven durant hores del primer que els passés pel cap.

—He conegut un tio a través d'una aplicació —li explicava divertit el Jon.

—Porta-me'l i et diré si et convé o no —contestava la Paula.

—Tinc la seva foto aquí, al mòbil.

El Jon li situava la fotografia davant dels ulls. La Paula rumiava:

—Vaaa, fa bona pinta.

—Tu creus?

—Psí, jo el trobo guapo.

—Tu sempre ets sincera amb mi. Si no t'agrada, m'ho dius i passo d'ell i ja està, eh?

—Envia-li un *like*.

Xarrup de cafè i una estona més tard:

—Digues què més penses de mi, Paula, sisplau.

—Què penso de què?

—Va, digue'm la veritat. La Mila i el Nis mai em diuen la veritat. Però tu sí. Tu sempre em dius la veritat. Digue'm què penses realment de mi.

La Paula —cap tort, quadre tort, tassa de cafè torta— intentava buscar dintre seu les paraules exactes.

—Penso que ets un tio amb un talent increïble que no es valora prou a si mateix.

—Talent? Va, no hi tornem.

—Ei, quan jo et vaig conèixer escrivies uns contes que eren boníssims. Sempre vaig pensar que l'autèntic creatiu del grup eres tu.

—Ho dius de debò? Però el Nis...

—El Nis... El Nis és una altra cosa —va dir amb un deix de malenconia al rostre—. Ell té contactes, se sap vendre. No et dic que no sigui bo, eh. En el fons és molt bo. —Va pensar uns segons, algun record llunyà—. Però tu tens un talent especial. L'únic que et falta és creure-t'ho una mica.

Sortien de la cafeteria i la Paula li demanava que la dugués Rambla avall. I després encara més avall fins a arribar al port. I en algunes ocasions li pregava que la dugués encara més avall fins a tocar de la platja. Aleshores es quedava una estona llarga contemplant el mar com qui contempla un quadre. «No és tan bonic com el de Portlligat», pensava. I amb la mirada viatjava a través del temps, cap a Portlligat, a l'hamaca del porxo, escoltant el brunzit d'un mosquit que li aterrava al braç i al cap d'un moment se n'anava. Per uns segons tenia la sensació de viure en una mena de parèntesi suspès a l'aire. Entre els núvols i la terra, entre el vigor i la calma, entre la vida i la mort.

Els núvols es van tornar ocres i al Jon li va semblar que vindria tempesta. Aleshores va caure una primera gota i el Jon va fer l'intent d'endur-se-la cap a casa.

—No, sisplau, deixa'm que em mulli una mica la cara.

El Jon va patir «perquè encara t'agafarà un constipat i la Mila m'ho tirarà en cara, Paula», però va decidir fer-li cas. Més d'una vegada li havia retret que no sabia cuidar la seva germana amb tota la delicadesa que era necessària. «La Paula és una malalta, Jon, no ho oblidis. Sovint sembla que no te'n recordis. Cal que estiguis en tot moment per ella. Tu pensa que no pot fer res». La Paula va alçar la barbeta i va regalar al Jon un somriure lluminós. A poc a poc, la cara i els cabells, els preciosos cabells de la Paula —ondulats, llargs, panotxes—, s'anaven amarant d'aigua i es tornaven d'un roig semblant a la sang.

—A la merda els constipats, quedem-nos aquí! —deia el Jon, deixant-se mullar per la pluja.

La Paula va girar el cap i, amb la mirada més serena que havia vist mai, es va dirigir al Jon:

—Sospito que el Nis està amb una altra persona.

El Jon va empassar-se la saliva. Cop de puny a l'estómac. No es podia imaginar que el Nis l'hagués suplantat. No, encara. De fet, feia temps que no hi parlava perquè la seva sola presència l'incomodava fins a uns extrems dels quals ni ell mateix era conscient.

—No el culpo —va seguir la Paula—. Té tot el dret del món a refer la seva vida.

Al Jon, la frase li va semblar d'una crueltat abismal. «Té tot el dret del món». Unes paraules que semblaven com centenars de mans bufetejant la cara d'un nadó indefens. «Té tot el dret del món».

La Paula va prosseguir, amb gotes de pluja a la cara:

—Exactament el mateix dret que ell té a viure el tinc jo a morir.

—Però, Paula, tu ets la meva millor amiga. No sé què collons fotré sense tu. No em diguis que no ens ho passem bé, de tant en tant?

—Jon, escolta'm —va interrompre'l la Paula—. No em diguis que em necessites, i que hi ha motius per viure, i que si espero una mica més aconseguiré ser feliç. No em diguis que puc ser feliç contemplant una puta posta de sol, o el mar, o tastant uns bombons de praliné que m'ha portat la Mila, o venint aquí a contemplar el mar amb tu, sense poder-me banyar, sense poder acariciar la sorra, sense poder tastar el gust de l'aigua. No siguis tan cruel ni fill de puta de dir-me tot això, sisplau.

El Jon va quedar-se uns segons contemplant-la sense dir res. En un gest espontani, li va agafar la mà amb tendresa i va caure morta com la d'un maniquí. L'hauria pogut pessigar, tallar o cremar de tanta ràbia que sentia. De fet, la Paula ho tenia tot mort exceptuant el cap. I el cor. I tant el cap com el cor li deien que volia morir-se. Aleshores el Jon es va apropar a ella i li va treure una pestanya que se li havia quedat enganxada a la galta.

Ella va somriure, ulls aquosos, el somriure més franc que havia vist mai, i:

—Oi que m'entens, Jon?

—Sí.

IV

28

De sobte, la cuina es va omplir d'olors: julivert, all, tomàquets secs, formatge feta, oli aromatitzat, coriandre...

El Nis, amb les mans amb gust de sal i peix, salava els escamarlans damunt la fusta, alhora que controlava amb la mirada la cocció del suquet de peix.

La cuina, aquella on mesos i anys enrere havien fet sopars fins a altes hores de la matinada —la taula de fusta, les sis cadires, la finestra que donava al mar—, ara es convertia en una cuina ocupada per una nova gent. O qui sap si per la mateixa gent amb l'excepció de l'Olívia. Era com si a qualsevol dels guisats deliciosos del Nis hi haguessin afegit un ingredient nou:

un toc de gingebre. O qui sap si un punt de comí que oferia un gust nou i sorprenent al plat.

El Nis va eixugar-se les mans al davantal blanc amb el dibuix del barret de cuiner i a continuació va servir un vas de vi blanc al Jon. Van fer un brindis breu —«Salut, tio!»— mentre el Nis controlava l'oli bullent de la paella, on després va afegir els escamarlans.

—Va, tanca els ulls i tasta aquest vi —va dir-li el Nis—. Què notes?

—És deliciós. Quant t'ha costat? —preguntava el Jon—. Això com a mínim t'ha costat una pasta.

—No es tracta d'això, va. Em refereixo a què porta. Què porta a dins. No hi reconeixes un petit toc de canyella sobre un fons de nabius?

El Jon va mirar el Nis i va començar a petar-se de riure. El Nis va deixar la copa sobre el marbre de fusta fent una petita esquitxada de vi que va tenyir el marbre de color violeta.

—Nabius... On collons has detectat els nabius, Nis? Ets un fantasma, tio, sempre estàs igual!

El Nis va posar els escamarlans a la paella i

tot seguit hi va afegir una mica de vi blanc «de batalla». Els escamarlans fumejaven i el Nis els feia saltar amunt i avall, ara a la dreta, ara a l'esquerra, com si dansessin en un ball de moviments volgudament caòtics.

A continuació es va treure una paperina de la butxaca —«En vols, Jon?»—, va tirar una mica de polsim blanc sobre el marbre i es va fer una ratlla de coca.

—No vas una mica fort, tio? —va dir-li el Jon, degustant el vi blanc com qui glopeja fluor.

—Ei, i ara... Avui fem festa grossa, tio. Segur que no en vols?

—Hi ha coses que he deixat, tio.

—Vaaa, una ratlleta i...

—Que no, Nis, que no —va respondre el Jon, alçant el to de veu.

—D'acord, d'acord, perdona. Com tu vulguis.

El Nis va afegir una picada d'all i julivert als escamarlans, que agafaven un to lleugerament taronja. Un parell de voltes i fora. Al plat. Fumejaven. Ara el Nis es va encendre un cigarret.

—Quant de temps fa que tu i jo no ens vèiem, eh? —va preguntar el Nis en un to volgudament proper. El Jon, en un gest espontani, va fer una passa enrere—. Ja us trobava a faltar a tots, *joder*, com cada any. Pluja d'estels i festa grossa.

El Jon va agafar una cervesa i va fer veure que no sentia la frase. «Quant de temps fa que tu i jo no ens vèiem?». Era una frase com a mínim de mal gust. Una puta broma. Des que la Paula havia tingut l'accident no havien tornat a repetir cap mena de trobada. Amb excepció d'una sola vegada a principis d'estiu, en la qual el Jon preferia no pensar. Com sempre, va decidir no entrar en conflicte i submergir-se en un glop de cervesa. Les seves paraules van resultar breus i concises.

—No ho sé, Nis.

La Mila va entrar a la cuina amb un vestit de color turquesa —«Està prou bona», va pensar el Nis—, tot xerrant amb la Lluna.

—I el papa? És per aquí? No, aquí tampoc, Lluna.

La petita va arronsar les espatlles. Ara la Mila es va dirigir als seus amics.

—Heu vist el Max?

—No —va contestar el Nis—. Bé, sí. Fa

estona he vist que sortia a fer un tomb en direcció a les roques. Em sembla que se n'ha anat a fumar un cigarret.

—Un cigarret? Però si fa tres anys que vaig aconseguir que ho deixés —va sentenciar la Mila.

—Va, dona controladora —va dir el Nis, omplint-los a tots les copes de vi—. Un brindis per nosaltres tres. Amics! —I, mirant la Lluna, encara va afegir—: Ep, per nosaltres quatre, que no em vull deixar ningú!

Mentre el Nis omplia un vas d'aigua per a la Lluna —«Brindem, bonica?»—, el Jon va pensar que res del que estaven vivint era just. No eren quatre sinó cinc. La Paula. L'expulsada del grup, de les converses, de les seves vides…

Va deixar estar la copa i se'n va anar cap a la sala.

De fons, es va sentir la veu del Nis.

—Ei, Jon, que no brindes amb nosaltres?

29

Al porxo, l'Olívia netejava les cadires, que havien quedat molles per la pluja. Bolcava l'aigua al terra i després les eixugava tot passant-hi un drap. Va alçar-se una ventada i un remolí de cabells i fulles va anar-li a parar a la cara. «Maleïda tramuntana», va pensar. Aleshores, mentre es treia un ble de cabells d'entre les parpelles, va veure el Max assegut en unes roques.

El va mirar uns instants, des de la distància.

Fumava, ulls clavats a l'infinit, rostre pensatiu.

«Què deu estar pensant?», es preguntava.

Va decidir acostar-s'hi —«Hola, Max»—, i va demanar-li si es podia asseure amb ell una estona.

El Max va assentir amb un cop de cap.

—Tu mateixa —va contestar—. Com és que no ets amb els altres?

L'Olívia va somriure i es va quedar pensant una llarga estona. No tenia respostes. Pares morts. Parents llunyans que de petita se n'havien fet càrrec. Anant d'una banda a l'altra. Dues maletes. El mínim per tornar a començar. No sentint-se d'enlloc i alhora de tot arreu. Fins que un dia va conèixer el Nis i tot va canviar de sobte. «Vols venir un cap de setmana a Portlligat?», li va dir. I després: «Vols venir a estudiar el treball de final de carrera a Portlligat? Hi estaràs bé, davant del mar; aquí et podràs concentrar, trobar la inspiració que et falta». Havien fet l'amor unes quantes vegades i amb ell s'hi sentia a gust. Era tot un home. Educat, generós, diferent de tots els nois que havia conegut fins ara... Més semblant a un pare que als seus companys immadurs de la universitat. I sí, a l'Olívia no li van faltar forces per fer les maletes —dues, com sempre, la faldilla verda, el top negre, les botes de pell, la fotografia i les joies de la mare— i se'n va anar d'un dia per l'altre a Portlligat.

Un lloc reconfortant.

Recòndit.

Al cul del món.

La possibilitat de tornar a començar.

«Podré tornar a començar?».

Es preguntava si la Paula devia viure en un lloc tan reconfortant, ara.

—Em sembla que no hi pinto res, en aquesta festa —va contestar per fi l'Olívia.

—Doncs ja en som dos —va mussitar el Max—. Per si et quedes més tranquil·la, jo tampoc no hi pinto res, aquí.

L'Olívia va observar el Max amb un deix d'incertesa. Amb el dit índex es va cargolar un cabell i se'l va estirar com si fos una molla. Qui era el Max? Per què s'havia convertit en l'ombra de la Mila? Realment hi havia parelles al món ben estranyes, va pensar. Un joc d'equilibris. Persones que d'entrada no hauries ajuntat mai, però...

—No ho entenc. Tu ets el marit de la Mila. —va dir-li l'Olívia.

—No sé el que soc, ja...

Hi va haver un silenci curt seguit de l'espetec d'una onada. Es van mullar els peus i els turmells. L'Olívia va pensar que hauria de canviar-se les sabates si no volia acabar sopant amb els peus molls.

Aleshores va dir unes paraules amb el convenciment que el Max sabria escoltar-la.

—Sovint —va prosseguir l'Olívia— tinc l'estranya sensació que no pertanyo a cap festa. Saps quan ets en un sopar i tens la sensació que t'ho mires tot una mica des de fora? O quan et trobes en una festa en què no saps amb qui parlar? Sempre, tota la vida, he tingut aquesta sensació. Que no encaixo enlloc, que no sé on asseure'm, que no trobo el meu racó, ni el meu lloc al món. I el que és pitjor: que els altres ni tan sols se n'adonen.

El Max va assentir amb el cap.

—Entenc perfectament aquesta sensació — va mussitar, inspirant una calada llarga i traient el fum lentament pel nas—. Tot i que la diferència amb tu és que jo sí que sé quin és el meu lloc.

Va callar.

Per sota, va pensar l'Olívia.

Aleshores un grapat d'idees barrejades va envair el cap del Max. I si li proposava marxar junts, on fos, a Cadaqués, o al far del cap de Creus, o a l'AP-7, en direcció a Barcelona, i feien acampada a qualsevol poblet de l'Empordà i s'oblidaven dels amics i la festa? L'Olívia i ell, el cos d'una noia jove, sense dir-se res, rebolcant-se entre llençols, gemegant, arribant a l'orgasme, deixant enrere els problemes. Per què no? Seria possible? Però no, no, no, no. Jo m'estimo la Mila. M'estimo la Mila. M'estimo la Mila. M'estimo la Mila. M'estimo la Mila.

—Saps quin és el meu principal problema? —va preguntar-li el Max.

L'Olívia va negar amb el cap.

—Que mai he fet el que realment em ve de gust fer a la meva vida.

—Doncs fes-ho —va esperonar-lo l'Olívia—. Si et ve de gust fer alguna cosa, fes-la.

Aleshores el Max va agafar aire i va fer un crit altíssim, histriònic, de llop, fora de si, que va ressonar com si fos un tro.

Se sentia bé, alliberat, l'Olívia al seu costat, preocupacions fora.

—Així, Max. Deixa't anar. Fots una pinta de ser un reprimit de l'hòstia.

Aleshores el Max, sense ni pensar-s'ho, deixant-se guiar per sensacions epidèrmiques, va agafar el rostre de l'Olívia i li va fer un petó als llavis.

Llengua, boca, mossegades… Ella el va apartar confosa.

—Ei, però què fas?

—Perdona, és que et trobo molt bonica.

L'Olívia se'l va mirar tota estranyada. Un silenci. Va empassar-se saliva. I a continuació es va començar a petar de riure.

—M'has dit que fes el que volgués, no?

—Sí, però això no.

—Perdona, perdona…

L'Olívia es va alçar i es va espolsar la sorra de la faldilla.

—Tu i els teus amics… Què us passa? No ho veieu que esteu tots com una cabra?

Una altra onada.

L'Olívia va mirar el rellotge.

Tard.

—Ho sento però me n'he d'anar, Max.

30

La infermera Carme va posar-li crema a les cames, ara amunt, ara avall, «Ben hidratada, Pauleta, que aquests dies fa moltíssima calor». Després li va agafar el necesser blau, el de la sanefa verda amb margarides grogues que li havia regalat el Nis, i de dintre en va treure una pinta de pues amples. Va posar-hi un punt de colònia amb esprai, i zas, va començar a pentinar-li els cabells.

—Em sembla que aviat haurem de tallar aquesta cabellera —deia la infermera, amb un to de veu que intentava semblar natural—. Amb aquesta calor, no saps pas la suada que faràs.

La Paula pensava que no, s'estimava la cabellera pèl-roja, que la definia i la feia sentir única al món. No volia que ningú l'hi tallés ni prengués decisions sobre el que havia de fer o en què havia de convertir-se. Volia sentir la xafogor al clatell, el seu únic clatell, un dels punts del seu cos on per sort o per desgràcia encara podia sentir i respirar.

(Sentir.)

Sovint, demanava al fisioterapeuta que li acariciés amb delicadesa el coll i li fes un petit massatge. Era un petit moment de plaer que s'assemblava fugaçment a un orgasme. La pell se li eriçava. Els porus se li obrien, el pessigolleig s'anava estenent a poc a poc pel seu cos. Un cos minúscul reduït a un coll, dues orelles i un cap. El seu Jo reduït a uns vint centímetres de llargària, pensava.

—Saps que aquesta nit hi ha la pluja d'estels? —li va dir amb tot l'afecte possible la infermera Carme.

—Sí, ho sé —va contestar la Paula amb els ulls mig emboirats.

—Diuen que els estels porten bons auguris.

—Pots comptar...

—No creus en aquestes coses? —la infermera Carme, volent-la conèixer una mica més.

—No crec ni en una cosa ni en l'altra... Senzillament crec que són estels i prou.

Però la Paula va pensar que no, que no eren estels i prou. La de la pluja d'estels era una de les nits més precioses i úniques de l'any. Era una festa a Portlligat amb els amics, les borratxeres de cada any fins tard, els vasos de gintònics brindant damunt dels caps, i era Bowie, i Police, i Rolling Stones, i Queen... I després música per desfasar-se quan tots anaven mig entonats. Pop. «Girls just want to have fun». «It's a barbie girl», «Ven, súbete a mi nube», i la Mila dansant sobre el piano, i el Jon simulant solos invisibles de guitarra, i el Nis desafinant un acord rere l'altre, i la càmera de fotos disparant a l'escena de cada any. La que immortalitzaria el moment esperat. Tots somrient a la càmera amb ulls emboirats i dient: «Lluíííisss».

Una llàgrima amb gust agre va estar a punt de treure el cap.

—Ho sento, Paula. T'he fet pensar en res que t'hagi posat trista? —va balbucejar la infermera Carme.

A fora, al món exterior, la lluna treia el cap darrere un fanal i es convertia en una deliciosa captura d'imatge.

—No —va contestar la Paula. I encara va afegir—: Deixa la finestra oberta. Amb sort, encara podré veure algun estel.

31

El Max va entrar a la cuina i es va creuar amb la Mila, que sortia amb una copa de vi a la mà.

—Tornes a fumar? —li va preguntar ella.

—Com ho saps?

—M'ho ha dit el Nis abans. És cert? Tornes a fumar?

El Max va arrufar la cella esquerra.

—Doncs sí —li va contestar.

Sense esperar resposta —«Que et fotin, Mila!»—, el Max va agafar la Lluna en braços i li va començar a fer pessigolles a la panxa fins que la nena es va posar a riure. La Mila se'ls va mirar de reüll. El notava estrany, el seu home. Havia fet acupuntura per deixar de fumar i després de molts intents se n'havia sortit. Li havia costat molt aconseguir-ho. Massa. Ella no havia parat d'insistir dient que era el millor per a la nena i per a ell mateix. Per a tots tres. «Un espai saludable, Max, on es pugui respirar. Quina mena de patró volem donar als nostres propis fills, eh?». I ara el veia tornar a fumar, com si res, sense avís previ, en el moment més inesperat i inoportú possible. Era tan desesperant, quan volia, el seu home.

—Tinc gana, papa —li va dir la Lluna.

—I tant que sí, bonica. Et dono els macarrons que t'ha fet la mama, i de postres fem una bola de gelat?

—Max, millor que el gelat no.

—El gelat sí, oi, Lluna? —va interrompre-la el Max, fent un copet al braç en to de complicitat a la seva filla—. Oi que la xocolata ens encanta, Lluna?

A partir d'aquí va escenificar un primer moment d'autèntic personatge protagonista. Sense demanar permís a la seva dona, la sergenta de la seva dona, la dominant de la seva dona, va anar a la nevera, va agafar el tàper dels macarrons, un plat, dos coberts, un tovalló de paper, «Anem, Lluna, anem», i va desfilar cap al menjador per donar el sopar a la seva filla.

La Mila els observava amb la boca oberta i una copa de vi a la mà.

—Tot bé, Mila? —el Jon.

I la Mila va contestar: «Sí, sí, i tant», mentre mirava el Max obrint la capsa de gelat i prenent-se una cullerada, i ara una altra, i encara una altra, observant la seva dona amb un somriure als llavis.

—En vols una mica més, Lluna?

Minuts més tard, el Nis va col·locar la cassola fumejant damunt la taula. Eren al porxo, amb la paret frontal coberta per un parell de buguenvíl·lies —una de lila, una altra de fúcsia— i un parell de testos d'hibiscos de flor groga. Damunt seu, una estructura metàl·lica, que el Nis havia fet construir feia un parell d'anys, acollia una parra que s'havia anat estenent i bifurcant sobre els seus caps. Semblava un rèptil. Un fanalet penjat a la paret projectava una llum tènue tirant a blavosa. L'Olívia va encendre una espelma i la va situar al centre de les estovalles. Desprenia olor de rosella.

—*Voilà.* Arròs caldós amb escamarlans i llamàntol. El que us havia promès. Espero que m'hagi sortit bé. Què? Fa bona pinta?

Tots van aplaudir a l'uníson mentre la Lluna mossegava un macarró i jugava amb una bombolla de salsa de tomàquet.

—Recepta empordanesa. I per acompanyar, un vi blanc afruitat amb tocs de canyella.

—Fa molt bona pinta, Nis —va intervenir la Mila.

El Nis va anar omplint plats amb l'ajuda de l'Olívia. Una cullerada per a la Mila, una altra per al Max i... L'Olívia, des de feia estona, els observava a tots des de la distància. Se sentia una espectadora incòmoda entre un grup d'amics que no eren ben bé seus. Tots ells se li apareixien com a elements estranys, discordants, enigmàtics. La controladora Mila, sempre atenta al mòbil i a tot el que passava al seu voltant. L'impenetrable i poruc Jon, que no es deixava conèixer potser per por de ser descobert. L'invisible i secundari Max, que s'esforçava en tot moment a robar alguna engruna de protagonisme. I ara el Nis, l'egòlatra Nis, el desconegut Nis, o potser hauria de dir: el poruc i vulnerable Nis?

—Deliciós —va interrompre la Mila—. Deliciós com sempre. S'ha de reconèixer que cuinant ets realment bo, Nis.

—Ei, i espereu-vos, que si les previsions surten tal com s'esperen —va mirar el rellotge—, d'aquí a exactament cinc hores i mitja veurem la pluja d'estels.

—Haurem d'esperar-nos fins a les tres de la matinada? No fotis. Jo no sé si aguantaré despert.

—Pluja d'estels —va balbucejar el Jon—. A mi m'agrada més dir-ne les llàgrimes de Sant Llorenç. És més autèntic.

El Nis va clavar les ninetes a l'Olívia, amb la boca plena d'arròs i restes de calamar i sípia.

—Què, carinyo? No et fa il·lusió veure la pluja d'estels? La nostra primera pluja d'estels, eh.

Els dits del Nis es van desplaçar per sobre les estovalles —caminant a poc a poc—, fins a anar a topar amb els de l'Olívia. Ella va enretirar la mà —un gest dissimulat, ràpid—, i va formular un somriure tens.

Silenci.

El Jon i la Mila van creuar una mirada d'estranyesa.

En aquells moments, va sonar el mòbil de la Mila.

Un altre whatsapp.

Una lleu vibració a la butxaca, gairebé imperceptible.

Va agafar l'aparell amb discreció —«Diré que és del rodatge, si em pregunten res»—, i va veure que efectivament era de la feina. Rodatge acabat. Tot bé. Cap figurant al bar. Va anar a tancar el mòbil quan va veure que a l'emoticona «Ferran feina» hi havia un missatge llegit. «T'enyoro. Portes el tanga vermell?». Dues ratlletes blaves. Merda. Missatge llegit. El Max. L'ofès i emprenyat Max havia llegit el missatge. Quan? Quan havia passat? «No pot ser. Com me'n sortiré d'aquesta, ara?».

—Potser la Mila ens pot dir què és exactament una pluja d'estels —va interrompre-la el Max, mirant-la de reüll. I encara va afegir—: Com que estaves mirant el mòbil…

Les pupil·les afilades del Max es van clavar en la Mila. Ella va envermellir. En un gest involuntari, es va mossegar el llavi i es va estirar una pelleta fins a fer-se sang. Però llavors va somriure i va fer veure que no passava res. Mai no passava res…

—Això mateix, Mila, il·lustra'ns —va afegir el Jon, aixafant un mosquit que li havia anat a parar a la cuixa.

La Mila va fer una consulta breu —ulls ràpids, llambregada a dreta i esquerra, mandíbula en tensió—, mentre buscava informació a Google.

—Segons diu aquí —li tremolava la veu—, «la pluja d'estrelles de Sant Llorenç es produeix per la reguera de gasos, pols i enderrocs que llança a l'espai el cometa Swift-Tuttle, descobert el 1862».

—Així doncs, és un cometa?

—«Alguns d'aquests materials són posteriorment atrapats pel camp gravitatori de la Terra i cauen a gran velocitat a través de l'atmosfera formant una pluja de meteors» —continuava llegint la Mila.

—No entenc res. Són meteorits, doncs?

—Sí, però per sort no han d'impactar contra la Terra. Es fonen abans.

—Mengeu, mengeu —els deia el Nis—. Voleu més vi?

—No, gràcies.

—Ei, us imagineu que per un cop a la vida aquests meteorits no es fonguessin i impactessin contra la Terra? —va imaginar el Jon.

—Una pluja d'estels letal i radioactiva. Escriu d'una punyetera vegada la teva novel·la, Jon —va riure-se'n el Nis.

—El Jon té raó —va afegir el Max—. És una bona idea. Allò que és bonic, que adores, que et sembla un joc estètic als ulls, de cop es pot convertir, d'un moment a l'altre, en una mena de malson.

La Mila va empassar-se un altre glop de vi. Tràquea avall. La marca del pintallavis de color carmí reflectit a la copa.

—Com l'amor, per exemple? —va preguntar l'Olívia, amb ganes d'indagar més coses sobre el tema.

—Sí, no ho sé. Com la vida mateixa —va contestar el Max—. No sé exactament el que he dit. Però ho he dit. Volia dir alguna cosa així com que —mirant de reüll la seva dona—

la vida et dona algunes sorpreses. Algunes de bones. Però d'altres...

Hi va haver un concert de xarrups de copes, l'espetec de forquilles i trossos d'arròs mastegant-se. Tots ells van pensar en la Paula, exceptuant la Mila i el Max. El Nis va mirar de biaix l'Olívia, que jugava a fer rodolar una molla de pa sobre les estovalles. L'ambient s'estava enrarint. S'havia de passar a l'acció. Ràpid. La vetllada no podia decaure.

—Ei, no foteu que ara ens hem posat nostàlgics, eh?

Tots van esbossar un somriure. Tots menys l'Olívia, que ara es dedicava a esclafar amb virulència la molla de pa. Plaf.

—Vull dibuixar la pluja d'estels, papa —va salvar-los la Lluna, de sobte.

Respiracions, llavis relaxats, alguna rialla a deshora.

Aleshores el Max es va aixecar amb la nena en braços —cap mirada a la Mila, cap gest de demanar permís— i va tornar al cap d'un moment amb papers rebregats i l'estoig amb els dacs i les tisores.

—Va, dibuixarem una pluja d'estels —li

deia el Max mentre la Mila s'apressava a engolir l'arròs i fer-lo baixar tràquea avall a marxes forçades.

—Ei, que la meva fillola té un talent especial per al dibuix, eh —deia el Jon—. Oi que sí, Lluna? A qui regalaràs el dibuix? Al padrí simpàtic?

—Vaaa, no la pressionis tant, Jon.

—Al meu padrí Jon —va afirmar la Lluna, tot assenyalant-lo.

Somriures. Més copes de vi. Uns amics retrobant-se una nit d'estiu. Creuament insistent de mirades.

A fora, el cel tenia cintes de corall i un parell de núvols jugaven a empaitar-se. L'Olívia, que en tot moment guardava silenci —«No tinc més gana, Nis, gràcies»—, es dedicava a contemplar els núvols amb la voluntat d'evadir-se del món. Li va semblar veure'n un en forma de cavall, un altre en forma de drac, un altre en forma de dofí... o potser era de balena? Va tornar-se a fixar en els amics, i se'ls va imaginar sense cap arruga al voltant dels ulls, sense canes, sense entrades a les temples, xarrupant vi de marca barata i propulsats cap a un passat que volgudament havien deixat enrere. En definitiva, devien ser tal com són ara, va reflexionar per dintre seu. Simplement han viatjat a través del temps. O no... potser algun d'ells s'ha quedat atrapat en un punt indefinit, inert, incapaç de continuar avançant en el temps i incapaç d'enfrontar-se als sentiments propis.

—Algú vol un parell més d'escamarlans? —va insistir el Nis, per treure ràpidament algun tema de conversa.

—Va, jo... i els que sobrin me'ls guardes en un tàper.

Riures. Algun xarrup de vi. La Mila eixugant-se la comissura dels llavis.

—No fotis, Jon. Aquests escamarlans demà no valdran res. De debò que vols que te'ls guardi?

—Ei, que no soc com vosaltres, jo, que sou tots uns esnobs.

—Ei, a mi no m'incloguis en aquest grup —va apressar-se a dir el Max.

—Ni a mi —va contestar ràpidament l'Olívia.

—O sigui, que els únics esnobs aquí som la

Mila i jo? —va preguntar el Nis—. I es pot saber què en tenim, d'esnobs, nosaltres dos?

—Ei, mira al teu voltant, la casa on vius —va argumentar el Jon—. El vi vellutat dels collons, l'arròs, el porxo, la puta barca... Si sabessis el cau on vivia jo fa quatre dies, hauries flipat.

—Com, Jon? Ara t'has canviat de pis? No ho entenc.

—Sí, coses de la vida —va contestar el Jon, sense ganes d'entrar en matèria.

—Ah, no ho sabia. Pots venir aquí i instal·lar-t'hi el temps que faci falta, ja ho saps.

—No, gràcies, Nis, però no em cal la teva generositat.

—Ei, que t'ho dic seriosament, pots venir a casa quan vulguis —va afegir el Nis—. Oi que sí, Olívia?

—...

—Et dic que no cal.

—Ei, per un amic el que calgui, tio.

—No em cal, gràcies. Prefereixo estar a prop de la Paula.

Silenci tens trencat pel brunzit d'un mosquit. Va voleiar per damunt dels seus caps i, plaf, la Mila el va matar a l'acte.

—Apa, ja està mort.

Les mirades van espetegar damunt dels seus caps.

—Mireu quina pluja d'estels! —va interrompre'ls la Lluna.

I llavors va llençar un munt de retalls de colors per damunt la taula, com si fossin la cua lluminosa i màgica de meteorits. Verds, violetes, grocs, platejats, maragdes.

Salvats.

—És molt bonic.

L'Olívia va recollir els plats i se'n va anar cap a la cuina. El Jon la va seguir. Ella buidava les restes d'escamarlans i llamàntol al cubell de la brossa, mentre el Jon esbandia els plats. Van creuar-se una mirada d'incerta complicitat i un somriure ple d'incerteses. Semblava que el Jon volia dir alguna cosa, però finalment va decidir callar. Va continuar jugant amb la pica plena de bombolles. Cada bombolla, un desig. Pis, novel·la, compartir els seus propers dies amb la Paula...

El silenci persistia.

L'Olívia, aleshores, va agafar la mostra dels cafès del Max i en va triar un a l'atzar. Cítrics o canyella? Va triar cítrics.

El Jon va posar el rentaplats.

Quan tots dos va tornar a la taula —cafetera, cinc tasses, sucre morè—, van sentir música que anava augmentant de volum.

El Nis havia creat una llista especial de *hits* de sempre —Police, U2, Prince, Bowie, The Smiths, Bruce Springsteen— per delectar-se i emborratxar-se durant tota la nit.

—Cafès? —deia l'Olívia.

—Ei, i si passem directament als gintònics?

—Primer cafès i després gintònics —va afegir la Mila, recolzant intencionadament una mà sobre els pantalons del seu marit.

El Max va apartar lleument la cama, i va petonejar la filla que s'aferrava amb els braços al pare i començava a formular els primers badalls.

—Va, per la nit més bonica de l'any! —va alçar la copa el Nis—. I per tots nosaltres.

Van brindar. Amb timidesa.

La Mila es va omplir la copa —«Per a mi, poc alcohol»— i va començar a beure.

32

La Mila va portar la Lluna a coll fins a l'habitació. La va estirar al seu llit; un peuet aquí, l'altre allà, ben tapada amb el llençol blau, «No fos cas que passis fred, bonica», i a continuació va col·locar la màquina «vigila-nadons» damunt la tauleta de nit. Va tocar el Play i va poder veure la filla a través de la càmera. Semblava una nineta, dormint plàcidament, amb la cueta al cap i les galtes vermelles. Per un instant, va recordar el que havia estat la seva vida abans d'anar a buscar la Lluna, l'astre que ho ompliria tot, que ompliria el buit del matrimoni, la seva no-maternitat, la tristesa que li havia provocat l'accident de la Paula. «La Lluna ha vingut aquí per fer-nos feliços, Max», va dir-li una vegada la Mila. «És com si d'alguna manera ho hagués endevinat. Com si hagués sabut que havia d'aparèixer». Al cap d'un temps de l'accident de la Paula van rebre una trucada de l'orfenat de Kíev que ho canviaria tot. Havien de dur acreditació, els diners, estar-s'hi quatre dies. Coneixerien la nena i després haurien de tornar a Espanya per esperar-se un parell de mesos més i acabar de fer els tràmits corresponents. Després podrien tornar i finalment endur-se la nena, la seva nena, cap a Barcelona. «Que per sort no sabem ni d'on ve, Max, cap passat. Més fàcil, per a ella i per a nosaltres, oi?». Quan va tenir-la en braços, va tenir la sensació que alguna cosa havia de canviar per sempre més. Sempre ho explicava als amics. Va ser com una revelació, un sentiment que ho omplia tot, se n'enorgullia... Però el cert és que sap perfectament que no va sentir cap emoció. Més aviat va tenir por, i desconcert, i una incertesa creixent per saber si seria capaç de connectar algun dia amb aquella nena.

La seva nena?

Ara es preguntava què hauria passat si no

hagués aparegut la Lluna a les seves vides. I per un instant va notar una mena d'alleujament i de felicitat. La seva vida sense la Lluna, lliure, sense obligacions, sense horaris marcats, sense aquest patiment del qual mai més pots arribar a desfer-te. «Entre la Paula i la Lluna m'han destrossat la vida», va pensar interiorment. I abans de dir-se que sí, que possiblement era una mare penedida —«No ho soc, no ho soc, no ho soc!», es repetia—, es va atrevir a formular-se a si mateixa una pregunta. «Pot ser que no me l'estimi prou?».

La Lluna es va remoure al llitet i la Mila li va agafar un dit amb cura. La sola idea d'haver-se plantejat —un instant, minúscul— que no se l'estimava prou li despertava un sentiment que no podia perdonar-se. Darrerament vivia avesada a la culpabilitat. Tot i així, va dir-se que no, que cada dia anava millor, se sentia més a prop seu. «Perquè si no t'estimo tant com voldria et juro que n'aprendré, Lluna!».

Va tancar la porta amb l'aparell de la càmera a la mà i va començar a baixar les escales.

A poc a poc.

Darrerament tot ho allargava.

Els viatges. L'arribada a Portlligat. Les converses pendents amb el marit.

La seva vida tenia una estructura cíclica.

A sota, els amics desfilaven i omplien els seus vasos de gintònics.

El Jon ballava fent un solo de guitarra.

La Mila va somriure. Per un instant, va ser transportada uns anys enrere.

Eren a la casa de Portlligat i sonava Prince.

La Paula movia el seu vas de vodka amb taronja i ballava amb el Jon, que feia un solo de guitarra invisible, mentre treia a ballar el seu company (Pere? Ricard? Dani?). Tots anaven entonats quan el Nis els va proposar un brindis.

—Vine, Paula, vine aquí amb mi.

Tots van alçar les copes.

—Pels meus millors amics. La Paula, la Mila, el Jon, el Max i... Pere?

—Ricard.

—Doncs això, Ricard. Pels millors amics que he tingut mai. Us prometo... —es va rascar la barbeta i va pensar uns segons— que sempre faré tot el que pugui per ser al vostre costat.

—Menys xerrera, Nis. Menys xerrera... —deia rient el Jon.

—No, que ho dic de veritat. Que us estimo moltíssim a tots!

Aleshores va ser un d'aquells moments hipnòtics en què les paraules i la música van semblar concordar. Un moment teatral, inesperat, les paraules del Nis interrompudes pel Prince (el gran Prince) tocant «Purple Rain». Es van mirar entre ells i en un acte instintiu tots es van abraçar... i van plorar... i es van tornar a abraçar... i la Paula va dir al Nis:

—Mira que ets sentimental quan vols.

—Que no ho soc, Paula.

—Que sí que ho ets, Nis, el que passa és que t'esforces a dissimular-ho.

33

Movien els cossos en moviments lliures i arrítmics.

Omplien les copes.

Ginebra, whisky, vodka, rom, cervesa...

Cadascun d'ells es desplaçava pel porxo mentre ballaven, comentaven qualsevol nimietat i omplien el temps amb converses buides.

La Mila i el Max continuaven evitant-se —«Com està la nena?». «Dormint plàcidament»— i se sumien en l'alcohol per no encarar cap mena de conversa.

Beure per oblidar.

Com en els vells temps.

Amb sort, trampejarien la nit d'estels protegint-se amb escuts i omplint de silencis les seves no-converses.

«Li diré que si se'n vol anar amb un altre que se'n vagi de casa» (el Max).

«Li diré que m'he enamorat i que no sé què fer amb la meva vida» (la Mila).

Dues copes i tres cigarrets més tard:

«Li diré que sisplau no em deixi. I una relació oberta?» (el Max).

«Li diré que encara me l'estimo. Me l'estimo?» (la Mila).

El Nis va recordar una festa anys enrere amb la Paula —«T'estimaré sempre, Paula»— i els ulls se li van entelar. Sentia el pes del whisky a les parpelles, el cansament a les extremitats, les cadenes feixugues que des de feia tant de temps li impedien caminar. Volia asseure's i dormir una estona. Allunyar-se dels amics i respirar. En què s'havia convertit?, es preguntava. El pes del lideratge.

—Aniré a buscar el telescopi per observar els estels —va dir el Nis a la Mila.

—Sí, bona idea. Però encara falta una bona estona, no? —va respondre ella.

—Torno d'aquí a un moment. —Un petó

a la galta—. Ho saps, que ets una tia collonuda i que t'estimo moltíssim, oi, Mila?

El Nis va obrir la porta del garatge i va encendre el llum. Va clavar una llambregada al seu voltant. Pols i desordre. Una teranyina. Amuntegats de qualsevol manera, desenes d'objectes i més objectes insignificants:

un rem trencat,
una cadira corcada,
dues pales per anar a jugar a la platja,
un parell de bicicletes rovellades,
una aspiradora vella
i, finalment, el telescopi.

L'instrument amb què contemplaven els estels. «Mira'ls tu primer, Paula, oi que semblen de color violeta?».

Aleshores ho va veure. Entre l'aspiradora i la bicicleta, arraconada de qualsevol manera, com si no tingués cap importància, hi havia la capseta de vellut.

La va agafar i se la va quedar mirant amb les pupil·les enceses.

Nus al coll.

Es va apropar la capsa als llavis i va bufar amb suavitat.

Partícules de pols —«Cinc anys, Nis, cinc anys»— es van disseminar per l'aire.

La va obrir a poc a poc, i a dins hi va aparèixer l'anell del casament amb la Paula.

Es va col·locar l'anell al dit i el va fer girar. Ara a la dreta, ara a l'esquerra.. ara amunt, ara avall. La plata li retornava la imatge d'un home empal·lidit que l'observava des de la distància. Com era possible que encara sentís tant d'amor per la Paula? Com permetia que una simple cançó, o un simple comentari, o un simple objecte insignificant —«Quin valor té, un anell?»— li produís tantes instantànies? Les tenia totes gravades al cap, amb l'ordenació rítmica i la temporalitat adient, conformant la història central de la Paula. El record de quan es van conèixer, el casament, tan bonic, amb els amics, els estius a Portlligat, les migdiades amb llençols rebregats i carícies, però també el dia de l'exposició en què la Paula es trobava malament i va decidir que es quedaria a casa. I ell dient-li «No passa res, carinyo, demà ja ens veurem». Però finalment devia desdir-se

—«Per què?, Per què?»— i va decidir venir. «Hauria d'haver insistit més perquè es quedés», va pensar el Nis. Hauria d'haver-li dit que no passava res, que les targetes no eren prou importants, que la seva vida era tant o més important que la d'ell. «Per què no t'ho vaig remarcar més, Paula?». I aleshores venia tota la seqüència de fotogrames que havia emulat i intentat esborrar centenars de vegades. La Paula agafant les targetes de presentació amb presses, anant a buscar el cotxe, al carrer, entrant dins del vehicle quan de cop, un altre que anava a més velocitat del que tocava se li va llançar a sobre i va envestir el seu cos... I la Paula volant pels aires, la cabellera pèl-roja infranquejable, la taca de sang escampada pel terra, el seu somriure esclafat sota una roda... i la gent cridant: «Aviseu una ambulància, encara respira, és viva». És viva?

Va acaronar l'anell.

Cap llàgrima.

En què m'he convertit?

Havia buscat la felicitat posterior a la Paula en la sexualitat en excés, l'egolatria i l'addicció als psicotròpics.

Però no li havia servit per a res.

No plorava.

No podia.

El tel de culpa li impedia fer el dol. «Quin dol», va pensar. «Es pot fer un dol per una persona que encara continua viva?».

Aleshores va sentir passes.

No es va girar i va continuar acariciant l'anell.

L'Olívia era darrere seu, contemplant-lo, amb les pupil·les enceses.

Ell es va girar i les seves mirades van quedar suspeses durant uns instants a l'aire.

(Ella amb una copa a la mà, ell amb l'anell al dit anular com a prova del delicte.)

Cap dels dos no es va atrevir a dir res.

No, encara.

34

La Paula va alçar la vista i va contemplar els núvols. L'aire fred li percudia la cara. Un raig de sol li va impactar a les ninetes, i la Mila va posar-li les ulleres, «perquè aquest sol és una mica traïdor, Paula».

Entre els amics havien decidit pujar la Paula a Portlligat.

—Li anirà bé retrobar-se amb el mar —deia convençuda la Mila—. Hem d'aconseguir animar-la com sigui. Darrerament té unes idees estranyíssimes.

La Mila feia temps que estava capficada i patia per l'actitud de la seva germana. La Paula havia tingut un accident, sí. I malauradament s'havia quedat tetraplègica. Però el que no podia ser era que ara desitgés morir. No, al món hi havia massa gent que l'estimava: el Nis, que tot i que ja no era la seva parella encara era un bon amic; el Jon, l'inseparable de la Paula; la Mila i el Max, la petita Lluna... I després hi havia els pares de la Mila i la Paula, ja grans però encara en plenes facultats, i les amigues de la carrera de magisteri... I encara més enllà hi havia el mar, la pluja, les nits de tempesta, els bombons de praliné, les pel·lícules dels germans Marx, les tulipes grogues, les creps de xocolata, els escrits del Jon... Per què hi havia motius per voler morir quan la vida encara li podria regalar moments tan bonics i inoblidables?

—Posarem una persona perquè t'ajudi a escriure —li deia la Mila—. Així podràs fer el teu diari personal. O fins i tot una novel·la. Tu dictes i algú es convertirà en les teves mans.

Però a la Paula li servien de poc les cartes que escriuria a través d'una infermera i que faria arribar al Nis en un futur. I també li servien de poc les tardes en present xerrant amb la seva germana sense saber ben bé què dir-se. Tardes que s'havien convertit en un parlar constant de la medicació, els horaris, les llagues al cul, la visita de la perruquera, els avenços del fisioterapeuta, que ara venia dia sí l'altre també.

(Malaltia, malaltia i malaltia).

Va entrar dins de casa i el seu rostre es va il·luminar. Va resseguir amb la vista —o caldria dir amb el cap tort?— cada racó del que havia estat casa seva. La taula de fusta de pi de la cuina, el piano de cua situat al menjador, la calaixera on temps més tard el Nis guardaria les cartes, el sofà de pell on ell li tastava la pell salada.

Tot seguia igual.

Sense ella.

La vida seguia.

Una crueltat innecessària. O hauria de dir necessària?

Després del dinar al porxo, la Mila va tenir la idea de sortir en barca. Ho havia planificat tot prèviament amb el Nis. El menú —tovet i fàcil de digerir, que no tingui una digestió feixuga—, el pom de tulipes damunt la taula de fusta, el bol de maduixes i gerds de postres, la barca… el passeig en barca… el que més agradava del món a la Paula, i que ara volien que revisqués de nou.

El Nis i el Jon van agafar la cadira de rodes i van aconseguir fer entrar la Paula a l'embarcació. La Mila i el Max van pujar els següents, molls, rient, intentant fer veure que tot seguia com sempre, «perquè avui no bufarà tramuntana, oi, Nis?». Es van dirigir a la cala del Crit, segons l'ordre de rodatge dictaminada per la Mila.

Blava.

Amb tocs cristal·lins.

Roques i còdols.

Roures i pins blancs.

La Mila li posava crema a les galtes perquè «sobretot no et cremis, Pauleta, bonica, que ets blanca com la llet». També li va col·locar un barret de palla. El Jon s'asseia al seu costat i deia: «Ei, que jo vinc per tu, eh, ja saps que a mi aquestes coses em maregen com una sopa».

Les ninetes de la Paula inspeccionaven tot el que passava al seu voltant. L'aigua turquesa, el fons de peixos i algues, les roques que sobresortien enmig del mar. «Hi ha gent que assegura que tenen formes mitològiques», li havia explicat el Nis uns quants anys enrere. «Jo hi veig una forma de sirena», li havia dit la Paula, amb els llavis plens de sorra i sal. «Doncs jo hi veig un gegant», el Nis. «O potser és un unicorn. I allà, al fons, el rei Neptú, alçant-se imponent, controlant el seu regne». La Paula va desitjar que la llancessin per la borda i posar fi d'una vegada a tant de patiment.

El final.

El final desitjat.

El Nis va amarrar l'embarcació i es va tirar de cap a l'aigua.

—Jo em quedaré aquí amb tu —el Jon—. De fet, tampoc no no em ve gaire de gust banyar-me. Aquí s'hi està bé.

—Jo també em quedo —la Mila—. Què et sembla, Pauleta, oi que aquí el temps passa diferent?

«Pauleta».

La Paula es va mirar el mar i una llàgrima en forma de bombolla va inundar-li les pupil·les. I a continuació una altra. I encara una altra. I encara una tercera.

Tots es van mirar consternats.

—Sabia que t'agradaria. Oi que és realment bonic? —va dir la Mila.

Però la Paula va negar amb el cap. Negar,

una de les poques accions que encara podia fer, que li atorgava una certa autoritat per decidir sobre la seva vida.

—Així no, Mila, així no —va balbucejar la Paula—. Per què sou incapaços d'entendre'm?

35

—Posa'm més gintònic —deia el Jon al Max, començant-se a emborratxar.

La Mila controlava la Lluna a través de l'aparell de vídeo, on es podia observar qualsevol petit moviment.

El Max, a l'altra punta de la taula, observava la seva dona des d'un nou angle que li oferia una perspectiva interessant. En diagonal? Potser més encertada?

El Jon cantava amb una copa a la mà, ara convertida en micròfon.

El Nis es feia la quarta ratlla de cocaïna sota la mirada distant i analítica de l'Olívia.

I l'Olívia era allà, presidint l'estança, amb una informació que l'havia colpit i havia canviat la seva manera de percebre les coses. El Nis l'havia utilitzat, n'estava segura. Per tapar ferides, per endolcir els seus dies, per amagar la covardia sota un tel enganyós de bondat i generositat. «Ajuda'm a morir, Nis», havia llegit a les cartes. D'altra banda, l'havia descobert jugant amb l'anell de la Paula, l'anell de matrimoni, un matrimoni que no esmentava mai i del qual ni tan sols tenia constància. I ella hi havia caigut de quatre potes, convençuda que el Nis realment l'estimava. Com havia pogut ser tan ingènua? Com? I les cartes de la Paula? El Nis també l'hauria utilitzat, la Paula?

Va sonar un tema dels Pixies («Where is my mind», versió acústica) i tots es van asseure al voltant de la taula.

Riures, espirals de fum, converses entretallades.

L'Olívia va inspirar amb força.

I va parlar:

—Les vostres trobades sempre eren així?

Quatre caps insistents es van girar per observar-la.

—Què vols dir? —el Nis.

—Em refereixo a abans. Quan hi havia la Paula.

L'Olívia pronunciant el nom de «Paula». Tot un sacrilegi.

—Psí... No ho sé —va respondre, incòmode, el Nis.

—Per què no l'heu convidat? —va insistir l'Olívia.

—A qui? A la Paula?

—Sí. Si sou tots tan amics, per què no l'heu convidat?

El Nis i la Mila van creuar una mirada de desconcert.

—La meva germana —va apressar-se a contestar la Mila— va tenir un accident. Encara no ho saps?

—Sí, ho sé —va contestar l'Olívia—. Però l'hauríeu pogut convidar igualment, no?

Silenci llarg i celles arrufades. El Jon va inspirar una calada fonda i la flaire de marihuana ho va envair tot.

—Olívia, no sé què vols dir —va amonestar-la delicadament el Nis.

—Preferiu mirar tots cap a un altre costat, no?

Hi va haver un silenci tens. Creuament de mirades. El Nis es va tocar el dit anular.

—Ei, no sé què estàs insinuant. Jo me'n cuido moltíssim, de la meva germana —va defensar-se com va poder la Mila. I es va girar de cara el Max—: Però què collons diu, ara, aquesta tia?

El Max, en comptes de donar-li la raó, com tantes vegades, va preferir jugar a estirar-se un fil de la camisa i encerclar-se'l al dit.

—He llegit les cartes que t'ha estat enviant la Paula. —L'Olívia va interpel·lar directament el Nis.

—Quines cartes?

—Ho saps perfectament. Les cartes. La Paula te n'ha enviat moltíssimes. En totes et demana el mateix.

Un lladruc de gos. El Nirvana. Qui sap si intuint el perill. Es va imposar un silenci.

—No tenies cap dret a llegir-les.

—I tu no tenies cap dret a utilitzar-me.

Més silenci, més estossecs, més cops de peu per sota la taula.

—Ei, parella, si el que preteneu ara és posar-vos a discutir... —va esbossar la Mila, servint-se un nou raig de vodka—. Jo me'n vaig, eh.

—Em sembla que aquest tema l'hauríem d'escoltar tots. —El Jon, el poruc del Jon, va prendre la paraula—. Continua, Olívia. Què ens volies dir?

La Mila es va ficar un glaçó a la boca i el va esmicolar tan fort com va poder. Clac.

—A les cartes et demana un sol desig —va continuar l'Olívia.

El Nis va acotar el cap.

—Morir. Et demana que l'ajudis a morir. Només té aquest desig.

Silenci amb arestes. La paraula «morir» va caure com una bomba sobre una ciutat devastada.

—Prou, Olívia —va balbucejar el Nis—. No sé què et proposes, ara.

L'Olívia va treure una de les cartes de la butxaca. I es va disposar a llegir:

—Una de les cartes diu exactament això: «Estimat Nis, fa temps que t'escric i fa temps que no em contestes. Vas dir que m'estimaves i que faries tots els impossibles per ajudar-me, recordes? Doncs bé, ara necessito que m'ajudis. Necessito que m'ajudis a morir, Nis. Ho he fet comprar tot, pentobarbital i...

—Prou! —va cridar el Nis.

—Això que diu és una barbaritat, sisplau —va afegir la Mila. Es va alçar en un gest brusc i sense voler va tirar la cadira per terra. Va fer un parell de voltes en cercle mentre buscava respostes dintre seu. Aleshores es va mirar l'Olívia amb foc als ulls—. No hi tens cap dret —va dir amb la veu trencada, a punt de plorar.

Hi va haver un silenci llarg en què ningú va saber gaire què dir.

—Ei, ja està, deixem estar el tema, d'acord? Posem musiqueta una mica més animada? —va apressar-se a dir el Nis, intentant fer veure que no passava res.

Ningú va contestar la pregunta. El Jon va prémer un puny per sota la taula.

—No siguem patètics, sisplau.

—Què vols dir, Jon?

—L'Olívia té raó. Tenim una veritat com un temple davant dels nassos i ni tan sols tenim el valor de parlar-ne.

El Nis va pronunciar amb un fil de veu:

—No és el moment per debatre aquest tema ara, Jon.

—Ah, no? I quan és el moment, si es pot saber? Mai?

—No, no és això. Però el que demana la Paula és... és impossible.

—És una bogeria, home —va afegir la Mila—. Treure's la vida. A mi també m'ho ha demanat. I no té cap sentit.

—No té cap sentit per a qui? Per a tu o per a ella? —va interrompre bruscament el Max.

La Mila, ara sí, va mirar el seu home amb total desconcert. El Max era un desconegut, avui.

—Però a tu què t'agafa, ara?

El Max va estar a punt de contestar amb retrets però en el darrer moment es va fer enrere. Voldria haver-li dit un «Contesto el que vull, perquè n'estic fart, Mila, de les teves ordres, de les teves advertències, dels teus enganys constants». Però en comptes de parlar va omplir-se la copa de vodka i es va encendre un nou cigarret. Avui tornava a ser un fumador. Un nou estatus. Li agradava. Va expirar una calada llarga i va jugar a fer anelles amb el fum.

—El Max té raó —va continuar el Jon—. Fa temps que tots sabem que la Paula té aquest desig. I no sé per què ni tan sols som capaços de parlar-ne.

La Mila va començar a rascar les tovalles amb l'ungla.

—Tanta por ens fa ser una mica sincers amb nosaltres mateixos?

El Nis va acotar el cap.

—La Paula simplement està deprimida —va argumentar la Mila—. Però si intentem animar-la, entre tots...

—No fotis, Mila —va interrompre-la el Jon.

—Què? Potser li retornarem les ganes de viure. Per què no? És possible? Hi ha gent que ho aconsegueix.

—No crec que la puguem ajudar gaire, si l'hem deixada sola, tirada... i nosaltres som aquí, passant d'ella, emborratxant-nos...

—El Jon té raó —va dir el Max—. Hem preferit deixar la Paula sola perquè la nostra comoditat i les nostres ganes de divertir-nos són molt més importants que no pas la Paula. Almenys això ho hem de reconèixer: som uns egoistes.

Silenci. Ningú va ser capaç de rebatre els arguments del Max. Van mirar el seu voltant. L'escenari. Taula parada, espelmes, menjar exquisit, música de fons. La seva vida transcorria inalterable. Ells eren vius. Movent cadascun dels músculs del seu cos. Rient, ballant, cantant, follant. En canvi, la Paula no era allà, no era amb ells. Estava estesa en un llit, qui sap si dormint, qui sap si pensant en ells i desitjant participar en algun moment d'aquesta festa.

—Si jo fos la Paula, voldria que almenys m'escoltéssiu —es va atrevir a dir l'Olívia, trencant el silenci.

La Mila va inflar els narius. No podia suportar aquesta noia. No podia.

—Perfecte, no hi ha res com frivolitzar sobre el tema —va escandalitzar-se la Mila—. Així doncs, què insinueu? Que ens carreguem la meva germana?

—No es tracta de carregar-se ningú, Mila. Estem parlant d'una altra cosa.

—Una mort digna —va afegir l'Olívia.

—Sí, una mort digna. La mort que ella vulgui. Té tot el dret del món a desitjar-ho. A desitjar com vol que sigui el seu final —el Max.

—Jo penso que...

—Quin dret tenim nosaltres a voler impedir-ho, eh? —va interrompre altra vegada el Max, desitjant per un cop a la vida fer prevaldre la seva veu per damunt de la de la seva dona.

—La Paula no està bé, sisplau —va respondre la Mila—. No ho enteneu? Està deprimida. Quan un està deprimit diu coses que realment no pensa. Què hem de fer, doncs? Seguir-li la veta i acabar-nos tornant tots bojos? Ajudar-la a morir? Acabar a la presó? Perfecte, hòstia. Aplaudiments.

—És clar, i prefereixes convence't a tu mateixa que la Paula està deprimida abans que haver d'acceptar la realitat i suportar-la. És massa difícil, oi? Massa incòmode.

La Mila va callar. Tots van callar. Una realitat incòmoda. Sonava el Miles Davis. *Hues of blues and greens surround me / Knowing you have found another love*... Hi va haver un petit moment de treva.

—Jo penso com la Mila —va dir finalment el Nis. Tothom l'escoltava amb expectació. En silenci—. Necessitem animar-la, estar per ella... Conec perfectament la Paula i sé que en el fons no vol morir-se. Ho sé. Ho sé perquè m'ho diu el cor. —I encara va afegir—: Només està passant... una depressió i prou. Amb el temps segur que ho veurà diferent. No podem fer-li cas, ara.

—Com ho saps? —el va interrompre bruscament el Jon.

—Què?

—Que com ho saps, si no la vas a veure mai?

—No és veritat, de tant en tant hi vaig.

—Quant temps fa que no la vas a veure, eh? Setmanes, mesos? Va, Nis, no fotis, però si has tardat quatre dies a buscar-te una altra parella.

Tots van mirar l'Olívia, que a l'acte es va sentir interpel·lada.

—Perdona'm, Olívia, eh —va excusar-se el Jon.

L'Olívia va contenir el plor.

—T'estàs passant, Jon —es va defensar el Nis.

—Ei, no tinc cap problema amb l'Olívia. És més, pel que la conec em cau de puta mare.

Però el que dic és veritat. Vas abandonar la Paula.

—Perdona'm, però va ser ella qui em va voler deixar. Digue-l'hi tu mateixa, Mila.

—És veritat —va afirmar la Mila, dubitativa.

—Ella? No fotis, Nis. Et va dir que te n'anessis, sí, però tu no vas tardar ni dos minuts a córrer a fer les maletes.

El Nis va serrar les dents.

—Com tens els sants collons de parlar-me així, eh?

—Ei, deixem-ho estar...

—Què vols que et digui? Que ets el millor? Que sempre ho fas tot de puta mare? —va insistir el Jon—. Doncs no, amic meu. També tens defectes. I sí, crec que vas abandonar la Paula.

El Nis va agafar una ampolla de ginebra i la va fer espetegar contra la paret.

Plaf.

Hi va haver un silenci tens.

Milers de vidres es van escampar ràpidament per terra.

L'alcohol tacant la paret.

—Qui et penses que ets per parlar-me així,

eh? —va continuar el Nis—. Per tu tot és molt fàcil perquè t'ho pots mirar des de lluny. Però jo... No tens ni puta idea del que jo he passat amb la Paula.

—És clar que sé el que has passat, però...

—Que jo me l'estimo, *joder*! —Mirant-los a tots—. Que no ho enteneu? Jo me l'estimo! Jo era el seu marit! Jo!

Un altre silenci.

De cop, tots van girar el cap i van afilar les mirades en direcció a l'Olívia.

L'estranya.

La desconeguda i ara desvalguda Olívia.

Ella es va sentir atacada i de nou va començar a moure involuntàriament les mans.

Què podia fer?

Cap a on podia anar?

Tot d'una, va arrencar a córrer.

—No, Olívia!

El Nis la va seguir uns segons —«Espera, carinyo, espera!»—, però de seguida la va perdre de vista.

Una figura entre la foscor, anant-se'n cap a la platja... O qui sap si cap a la carretera. Fugint. Ben lluny. On ets ara, Olívia?

Al cap d'uns minuts el Nis va tornar cap a dins i es va mirar el Jon amb ràbia.

Un silenci feixuc s'havia apoderat de la casa.

—És el que volies, oi? Tu sempre m'has odiat —va dir el Nis al Jon.

El Jon va callar.

—Ets un fill de puta, tio —va continuar el Nis.

—Ei, ei, ei —el Max.

—Per a tu és molt fàcil perquè mai et compromets amb res. Ets un gran fill de puta.

El Nis es va abraonar sobre el Jon, que no va oposar resistència. Li va clavar una empenta i el Jon es va donar un cop contra la taula, i a continuació va anar a parar per terra. La Mila i el Max no ho van poder evitar. El Jon —ganyota al rostre, ulls esverats— es va tocar el colze, del qual li rajava un petit fil de sang.

Tots es van mirar consternats.

El Nis feia cara de voler-s'hi tornar altra vegada. Més. Amb ràbia.

El Jon es va alçar com va poder i aquest cop —«Deixa'l en pau, Nis!»— el Nis va agafar amb força l'amic per la samarreta. La Mila i el

Max contemplaven l'escena espantats —«Prou, sisplau, pareu. Tranquil·litzeu-vos, sisplau»—, però el Nis va alçar el puny per colpejar-lo de nou. El tenia a prop, a menys de dos centímetres. Tenia ganes de destrossar-lo, d'escupir-li a la cara, «perquè tu no ets ningú per jutjar-me ni retreure'm res, Jon».

Aleshores van sonar els primers acords d'una cançó.

Una melodia antiga.

There's a starman waiting in the sky. He'd like to come and meet us. But he thinks he'd blow our minds...

El ritme inconstant del baix. La veu trencada del Bowie. El seu estimat Bowie. Una lletra que no s'havien parat a analitzar mai però que formava part de les seves vides. «Hi ha un home als estels esperant al cel. / Li agradaria venir a coneixe'ns, / però pensa que volaria les nostres ments...». La cançó que els unia a tots, que els feia plorar, ballar, la cançó amb la qual rodaven un videoclip cada estiu com a excusa per passar-s'ho bé i riure una mica. Eren ells. La música de quan eren vius. De quan la Paula formava encara part de les seves vides. Cada un d'ells va projectar un record distorsionat de les escenes al bosc de quan eren joves. Petits records difuminats, escapçats pel temps, qui sap si inventats. Somriures, mirades plenes d'esperança, copes alçades, rialles, cops a l'espatlla en senyal de complicitat. «Perquè sempre sereu els meus millors amics, m'enteneu?», els deia sempre la Paula. «I ara brindem, va. Brindem per nosaltres i pel videoclip cutríssim que rodem cada any. I sobretot, sobretot, brindem perquè continuem sent tan amics com ho som ara».

There's a starman waiting in the sky
He's told us not to blow it
Cause he knows it's all worthwhile
He told me:
Let the children lose it
Let the children use it
Let all the children boogie.

De cop, tots es van estremir.

El Nis, la Mila, el Jon, el Max.

Van deixar que acabessin de sonar els darrers acords sense atrevir-se a dir ni una paraula.

La Mila i el Max, drets.

El Jon, mirant-se la sang del colze.

El Nis, asseient-se amb dificultat en una cadira i respirant intermitentment amb la mà al cor.

I no es van dir res.

Només van viatjar en el temps. Tots ells, propulsats cap al passat —menys canes, menys arrugues tènues, menys bosses sota els ulls, més vi de litre Don Simón—, i van aterrar en un bosc ple de roures i disfresses.

«Acció».

Aleshores tenien tota una vida al davant.

Eren joves, arrogants, creien que es menjarien el món. «La mort no forma part de les nostres vides».

«Tallem», els deia el Nis.

Com si tot fos tan fàcil.

36

La Paula i el Nis s'havien quedat adormits a l'hamaca del porxo. De fons, bufava tramuntana i se sentia la remor del mar. Un pardal va venir volant fins a situar-se a la branca d'una olivera. Piulava. La Paula se'l va mirar i va veure com feia saltirons entre les fulles. Finalment, va alçar el vol i se'n va anar cap a la teulada. Aleshores va estrènyer la mà del Nis —dits entortolligats, en forma de penya-segats abruptes— i va dir-li dolçament a cau d'orella:

—Promet-me que m'estimaràs sempre.

El Nis va mig obrir els ulls com unes persianes i es va protegir del sol amb la mà fent visera.

Va capbussar el seu rostre als cabells de la

Paula i s'hi va voler perdre per sempre més. Hi distingia el préssec, la xocolata, la cala nocturna on havien fet l'amor la nit anterior.

—Què passa? M'has despertat.

—Promet-me que m'estimaràs sempre, que faràs qualsevol cosa per mi... Promet-m'ho.

El Nis va somriure i la va besar. Un petó que tenia gust de cafè, tabac i licor de poma.

Aleshores li va acaronar la galta i va afegir amb un somriure:

—T'ho prometo.

37

A fora: l'Olívia feia estona que havia marxat —corredisses, passes sobre el terra de grava— sense una ruta preestablerta.

A l'habitació: la Mila i el Max feien les maletes en silenci mentre de tant en tant contemplaven com dormia la seva filla. Ara una camisa, ara uns pantalons, ara la bossa dels cafès... «Has recollit tots els cafès, Mila?».

A la cuina: el Jon trucava a un número que s'havia apuntat en un paperet. Per fi algú va contestar al telèfon.

—Hola, soc el Jon, el noi que has portat avui. Perdona, sé que és una mica tard, sí. Però és que com que m'has dit que avui mateix baixaries a Barcelona...

El Nis va entrar a la cuina i va escoltar les darreres frases de la conversa.

—Ja marxes? No pots marxar, ara.

El Jon se'l va mirar amb el mòbil a la mà. Va penjar. Va acotar el cap i es va sentir avergonyit de l'escena que havien protagonitzat tots dos feia una estona.

—Busca l'Olívia, sisplau.

—Sí, ho faré, però segurament deu haver anat a fer un volt i prou. De nit li agrada sortir a fer passejades.

Un silenci llarg. El Jon va guardar-se el mòbil a la butxaca.

—Em sap molt greu... —el Jon, deixant una frase penjada a l'aire—. Potser m'he passat.

—Tranquil —va contestar el Nis—. Tots hem begut massa.

Tant el Nis com el Jon sabien que no es tractava en cap moment de beure. Es tractava dels silencis, dels retrets, dels sentiments que transcorrien dintre seu però que tots dos eren incapaços de comprendre.

La Paula.

El tema de fons que els removia a tots.

«Per què darrerament som incapaços d'entendre'ns?».

—Bé, em sembla que val més que marxi —va dir el Jon, fent-li un copet a l'espatlla.

El Nis va assentir amb el cap.

Es va fer un silenci.

La nevera obrint-se i tancant-se de nou.

Mossegada de préssec.

La Mila va arribar a la cuina amb els ulls inflats i una maleta amb rodes.

—Vosaltres també marxeu? —el Nis.

La Mila va assentir amb un somriure.

—Però marxareu tots així com així? De nit? Sense veure la pluja d'estels?

La Mila no va contestar i es va abraçar al Nis, tot prement els llavis. Aleshores va baixar el Max amb la Lluna a coll i la camisa arrugada.

—Espero que l'Olívia torni aviat —va afegir la Mila—. No sé si l'hem tractada gaire bé.

El Nis va empassar-se la saliva.

—Vols que t'ajudem a buscar-la? —el Max.

—No, no, de veritat... Segur que ha anat a fer un tomb i tornarà aviat. No us preocupeu. Si voleu marxar, endavant.

La Mila va mirar instintivament el rellotge.

—I tu, Jon? Vols que et portem en cotxe? —va preguntar el Max.

—No, gràcies. He trucat a un amic que ara em ve a buscar.

Tots es van estranyar. Un amic. Un desconegut. El Jon preferia marxar amb un desconegut que no pas amb ells dos com acostumava a fer. Però ara no era moment de dir res. Encara no.

Aleshores van encaixar —Nis, Max, Jon— i tots van sortir cap a fora. El Jon va cridar el Nirvana. Un xiulet. Un gos sortint entre el boscatge. Va veure la Mila i el Max endinsant-se al cotxe i col·locant la Lluna a la cadireta. La seva fillola. Amb els ulls clucs, la cua al cap, i aquella careta de nina que tant l'embadalia.

Els va fer adeu amb la mà.

Un gest.

Va tenir la sensació que potser no els tornaria a veure.

38

Feia una estona que caminava en direcció al far del cap de Creus. Era una nit lluminosa, amb núvols baixos. Se sentia confosa i cansada. Molt cansada. Li va semblar que sentia unes passes properes i es va imaginar que el Nis havia sortit a buscar-la. «Deu ser un miratge», va pensar. «El Nis és amb els seus amics, lluny, parlant de la Paula». Una ombra jugava a desplaçar-se entre uns matolls. Potser es tractava d'un conill?

Mentre avançava per un camí costerut, va intentar desxifrar en quin moment s'havia deixat arrossegar per aquesta història. El Nis se li apareixia com una presència pertorbadora, enigmàtica, fins i tot amenaçant. Es preguntava si mai a la vida havia arribat a estimar-la. «T'estimo tant, Olívia», li havia dit mentre li feia l'amor. O bé: «Voldria passar la resta de la meva vida amb tu», afegia acariciant-li les parpelles. El grup d'amics tampoc no l'hi havia posat fàcil. Era com si haguessin estat jugant a un joc en què tots, voluntàriament, l'haguessin volgut deixar al marge. L'havien utilitzada per tapar ferides, per fer-se retrets, fins i tot per acusar-la. «Són uns maleïts cretins», va pensar. I encara un altre pensament: els amics, en certa manera, ens defineixen.

Va veure un camí de sorra que baixava pendent fins a una cala. De nit, l'aigua era de color de plata. Feia feredat. Però l'Olívia va continuar baixant i endinsant-se en la vegetació fonda. Es va esgarrinxar la cama dreta i li va sortir un fil de sang. Es va xuclar el dit esquerre. La sang era dolça.

Finalment va arribar a la cala i es va descalçar. Es va clavar un parell de còdols a la planta dels peus però va seguir avançant fins a l'aigua. Es va treure la roba i es va espolsar una alga que se li havia enganxat al turmell.

Una passa.

L'aigua als turmells.

Una altra passa.

Va estirar-se fent el mort.

Un pensament li va venir al cap.

«Em quedaré aquí fins que comenci la pluja d'estels. Preparada?».

39

—M'ha estranyat molt que m'hagis trucat —va dir-li el cuiner, que ara conduïa pel camí de revolts amb els ulls clavats a la carretera.

—Com que m'havies dit que tornaves avui...

—Però tu em vas dir que et quedaries com a mínim un parell de dies.

—Els plans han canviat.

Hi va haver un silenci llarg.

—Puc preguntar per què?

El Jon es va arronsar d'espatlles.

—No han anat bé les coses entre els teus amics?

—Alguns de nosaltres hem canviat massa —va formular el Jon.

Aleshores va fixar els ulls en els boscos, i

per un instant s'hi va imaginar l'Olívia corrent entre els matolls. Nua, cabells llargs, una criatura nascuda del bosc, una criatura mutilada.

—Perdona que hi insisteixi —va dir el cuiner, després d'un lapse prudencial de temps—, però em sembla que estàs una mica decebut dels teus amics.

—Decebut… No sé si aquesta és la paraula.

—Però hi ha alguna cosa que em sembla que no t'ha acabat d'agradar.

—Tinc un amic que en el fons és un covard.

—El de la casa de Portlligat.

—Sí. El de la casa de Portlligat. És clar que en el fons tots som una mica covards.

—Ho som. Jo el primer. I insegurs.

—La vida és plena d'incerteses.

El Jon va viatjar al seu passat i va fer un resum de la seva vida. Pisos compartits, parelles que li duraven quatre dies, feines inconstants, que si ara el bar, que si ara els tatuatges, que si soc incapaç d'escriure mai, el bloqueig, les pàgines per omplir… Ell no era ningú per donar consells als altres. De fet, tot a la vida ho havia deixat incomplet. A mitges.

—Saps? Sempre he pensat que m'agradaria ser escriptor.

—Escriptor?

—O guionista. Guionista de cine.

—Què t'ho impedeix?

—Soc un covard. Com el meu amic. —I després d'una pausa llarga encara va afegir—: La incertesa tampoc no ajuda, suposo.

Aleshores el cuiner es va escurar el coll i es va posar a parlar de les seves sensacions més íntimes. El Jon l'escoltava amb una barreja d'interès i fins i tot d'admiració. Escoltar un desconegut. Confessar-se amb un desconegut. De nit. Tenia un punt letàrgic.

—Per la meva professió m'he passat la vida assistint a moments dolços.

—Dolços.

—Bonics, plaents, agradables.

Va girar per un trencall i va agafar la carretera nacional.

—Sempre he assistit a menjars, a festes, a comunions, batejos, casaments... He tingut olles i paelles pleníssimes per alimentar tota una gentada. Filets de vedella, mousse d'espàrrecs, rap amb cloïsses al forn, pastissos de vint-i-tres plantes de nata per als nuvis, profiteroles de nata i xocolata per als més petits... M'he dedicat a alimentar la gent i a fer-los feliços. Però quan me n'anava d'allà, d'on fos que m'haguessin contractat, sempre em preguntava què passaria amb tota aquella gent que deixava somrient i amb una vida incerta. Potser els atropellaria un camió en girar la cantonada, o escollirien un camí equivocat i acabarien casant-se amb la persona inadequada, o encara més enllà: caurien malalts o tindrien fills a qui veurien patir, o senzillament viurien fent feines que els anul·larien com a persones, o tindrien relacions tòxiques, atacs de cor fulminants, impulsos suïcides... Però per sort jo sempre he viscut l'aparador dels moments feliços. La vida està composta d'això. Petits moments feliços, dolços. Com un tortell de mil capes.

El Jon es va quedar pensant.

—Un tortell de mil capes.

Va obrir la finestra i va omplir els pulmons d'aire. Sabia que els seus amics aquest cap de setmana no havien estat a l'altura. No eren ni molt menys perfectes. Però alguna cosa a dintre seu li deia que ell tampoc no ho era.

Gens.

No ho havia estat mai.

Potser de tots ells era el més imperfecte.

40

La Mila conduïa des de feia estona en direcció a Barcelona. La Lluna dormia al darrere, i el Max, al costat, mirava el paisatge mentre es perdia en pensaments inconnexos. Tenien la ràdio posada i els oferia notícies sobre la pluja d'estels que es veuria aquella matinada.

«Aquest any veurem una de les pluges d'estels més boniques que haurem vist mai. La coincidència de la pluja d'estels amb la lluna plena ens permetrà observar molt millor el cel».

La Mila va mirar pel retrovisor per assegurar-se que la Lluna dormia.

«Els experts recomanen veure-la amb els ulls nus, ja que els meteorits poden aparèixer a qualsevol lloc del cel i són efímers».

La Mila va apagar la ràdio.

El Max, amb els ulls que s'endinsaven als boscatges, es preguntava una vegada i una altra: «Quan va començar tot, Mila?». La Mila, amb les mans fermes al volant, va pensar que tot plegat era una broma de mal gust. La vida. La seva vida. Tot el que havia passat darrerament. La Paula, la feina estressant, l'arribada de la Lluna, la infidelitat, l'abisme que a poc a poc s'havia anat creant entre ella i el seu home.

Tres gotes de pluja van impactar contra la finestra.

Fred.

Ganes d'arribar a Barcelona.

De dormir.

De no pensar en res.

—No penses comentar-me res...? —va balbucejar el Max fixant, ara sí, la mirada en la seva dona.

Aleshores la Mila va sentir que un riu de lava li pujava des de la boca de l'estómac i li impedia respirar.

Va aturar el cotxe i es va girar cap al seu marit. El Max se la va quedar mirant.

Tremolava.

Com una fulla.

Feia massa temps que tenia una conversa pendent amb ell.

—Ho sento, Max. Ho sento moltíssim —va dir finalment la Mila, entretallant les frases—. Només et vull dir que em sembla que últimament estic una mica perduda. I no té a veure amb tu. Té a veure amb mi. Només amb mi. —I encara va afegir—: És que no sé què em passa. Darrerament no sé què em passa.

El Max se la va mirar un instant sense dir res.

«No sé què dir», va pensar. «Tampoc no sé gaire què respondre».

La Mila es va quedar quieta i va enfonsar el rostre al volant. La Lluna va fer un so gutural i tots dos es van girar i es van posar en guàrdia. Tornava a adormir-se. Dolçament. Com si en certa manera sabés que ara no era moment d'interrompre. Ara tampoc.

Aleshores el Max es va mirar la seva dona —mandíbula tensa, vena vermella projectant-se al coll— i es va plantejar quant temps feia que no la veia somriure. «Em sembla que últimament estic una mica perduda», li acabava de dir.

«Perduda».

I ara què havia de fer?

Com se suposa que podria ajudar-la?

41

El Nis es va aventurar amb determinació al bosc on s'havia endinsat tantes vegades. El terra encara desprenia olor d'herba molla i la pinassa se li ficava dins les sabates i li punxava els dits dels peus. Transcorreguts uns segons, va cridar el nom d'Olívia. Cap resposta. Va observar el cel i li va semblar veure un estel fugaç que arribava abans d'hora. «Encara no», va pensar.

Aleshores va mirar el rellotge i es va adonar que ni tan sols era mitjanit. «El temps costa de passar». Va continuar caminant una estona més, la brisa del mar llunyana, el so d'un grill saltant de branca en branca, la presència dels avantpassats embolcallant l'ambient. Aleshores va enfilar-se dalt d'una roca i va veure un cos movent-se entre les onades.

«És l'Olívia».

Era l'Olívia.

Va començar a baixar per anar-se a trobar amb ella, però a mig camí va decidir frenar.

«Què faig? Cap a on vull anar?».

Aleshores —un parèntesi llarg i suspès a l'aire— es va preguntar quin sentit tenia recentment la seva vida. Una vida a batzegades, a passos de gegant, sense mirar enrere, sense mirar enrere en cap moment perquè feia mal, massa mal, perquè sovint es feia fins i tot insuportable.

«Cap a on vaig?», es preguntava una vegada i una altra.

Aleshores va veure que l'Olívia girava el cap i l'observava des de la distància.

Es van quedar un moment paralitzats.

Tots dos.

Fins que ell va prendre una determinació ràpida.

Es va allunyar.

Lluny de l'Olívia, de la temptació, de les ganes de viure i oblidar-ho tot, de les ganes de regalar-se una segona vida. Perquè la seva vida havia estat amb la Paula, la seva dona, l'amor de la seva vida i la persona a qui no era capaç d'oblidar, tot i els seus esforços constants per fugir i oblidar-la.

Es va asseure en una roca i es va encendre un cigarret.

Nus de pescador al coll.

Tres calades.

Aleshores, sense ni tan sols adonar-se'n, va sentir que el nus que feia tant de temps que l'asfixiava —aspre, ple de verdet— es començava a desfer a poc a poc:

Una llàgrima,

dues,

tres,

un bassal d'aigua.

«M'ajudaràs, Nis?».

«No puc, Paula».

42

El Jon va girar el pom del pany i va entrar a una casa completament fosca. Va recórrer el passadís fins a arribar al final. Va entrar a la cuina i es va servir un vas d'aigua. Se'l va beure. La cuina estava ordenada i uns quants medicaments reposaven damunt del marbre. Va tornar a sortir al passadís i va veure una habitació amb un fil de llum i la porta entreoberta. La infermera Carme va aparèixer i es va posar la mà al cor. «Ai, Jon, m'has espantat». El Jon va deixar les claus damunt la taula del menjador, va oferir un os de goma al Nirvana per tenir-lo distret una estona i va parlar a la infermera en un to amable.

—Ja pot marxar, Carme, em quedo jo. Passaré la nit amb ella.

—N'està segur?

—Del tot. Ja pot marxar tranquil·la.

Va entrar a l'habitació de la Paula i se la va trobar desperta, amb els ulls oberts. La televisió emetia un documental sobre els rinoceronts de la sabana africana. La Paula va somriure en veure'l. Ell se li va apropar i li va acariciar la barbeta. Li va enretirar un ble de cabells enganxats al front i els hi va posar darrere l'orella. Tenia uns ulls especialment verds i expressius, aquella nit, la Paula. Amb petits puntets grocs i vetes de color violeta. Les galtes semblaven relaxades i no experimentava cap mena de tensió al coll. Semblava una Paula plàcida, tranquil·la, a punt d'emprendre el son. Els seus llavis molsuts van esbossar un somriure.

—No eres a Portlligat, amb els amics?

—No tenia cap sentit ser-hi sense tu, Paula.

Ella va assentir, com si en certa manera la resposta li servís de consol. Aleshores el Jon va apropar-se-li encara més i va parlar-li amb tota la tendresa possible a cau d'orella.

—Tenies raó, Paula. Hi ha coses que no tenen cap sentit.

Ella se'l va mirar expectant, sense acabar d'entendre el significat real d'aquestes paraules. Uns segons d'incertesa, dubtes que l'assaltaven. Ell la va mirar amb amor i va entendre per fi el que li deia el seu amic. Era ell, el Jon, l'amic valent que havia vingut a ajudar-la. Per un instant va plantejar-se fins a quin punt havia estat perdent el temps demanant ajuda al Nis si sabia que ell mai podria correspondre-la. El Nis era vulnerable, ple de pors, incapaç d'acceptar derrotes, sempre fugint, fugint, fugint... Tot i així, encara se l'estimava.

La Paula va somriure.

—Explica'm què heu fet a Portlligat. Explica-m'ho. Heu anat amb barca?

I en cap moment van parlar tots dos de com ho farien, ni del pentobarbital que hi havia amagat a l'armari, ni del moment en què el Jon li aproparia el vas i li diria per última vegada «T'estimo, Paula», ni tampoc dels últims respirs, ni del somni profund en què ella es capbussaria, per fi feliç, per fi tranquil·la, com ella havia volgut, com ella havia triat, «perquè tinc dret a decidir sobre la meva vida».

—Hem passat moments tan divertits junts, Jon.

El Jon va assentir amb el cap, intentant contenir les llàgrimes.

—Els nostres passejos en barca.

—Tu imitant el guitarrista dels Stones.

—Els videoclips que improvisàvem i rodàvem cada estiu.

—Tots vosaltres disfressats de zombies, amb aquella cara horrible i els llavis pintats de sang.

—Perseguint-te.

—Érem una mica friquis, llavors.

La Paula va somriure.

—Petits moments feliços —va balbucejar el Jon, emocionat.

Es va produir un llarg silenci.

—Promet-me que tornaràs a escriure.

El Jon va fer-li un petó al front.

—No sé si t'ho puc prometre —va contestar amb un fil de veu—. Però ho intentaré.

Aleshores el Jon va obrir la finestra i li va deixar veure el cel completament nítid. Un rectangle de finestra —amb fons de teulades, arbres i antenes— li permetia veure un petit tros de cel.

—Saps quin dia és avui, oi, Paula?

Ella va assentir.

—No vull que et perdis aquest espectacle per res del món, bonica.

La Paula va somriure i va mirar el cel.

Aleshores va caure un estel.

Dos,

tres,

quatre,

cinc.

Una desena d'estels queien damunt la ciutat en forma de cascada.

El Nis, amb els ulls envermellits, va observar la immensitat del cel assegut en una roca.

La Mila, amb el Max al costat, mans preses, va mirar al cel com si estigués a punt de presenciar la fi del món.

El Jon va apropar el vas a l'amiga i va acariciar-li el rostre i la cabellera roja. «T'estimo, Paula». Aleshores tot es va enfosquir.

Un últim estel.

Silenci.

Un últim estel que té el nom de Paula.

FI

Història ben tramada
Llenguatge molt simple,
ràpid.
No aprofundeix gaire
els personatges.
Es llegeix de forma molt
ràpida
No m'ha entusiasmat!